Izdihar & Hamid
「愛と絆と革命の花嫁」

愛と絆と革命の花嫁

砂楼の花嫁4

遠野春日

キャラ文庫

この作品はフィクションです。
実在の人物・団体・事件などにはいっさい関係ありません。

目次

愛と絆と革命の花嫁

口絵・本文イラスト／円陣闇丸

花嫁とKnights　―ロクブリュヌにて―

■　■　■

トルコの南方に位置する中東の専制君主制国家シャティーラ。

その第一王子イズディハールと、双子《ふたご》の弟である皇太子ハミードの許《もと》に婚約披露パーティーの招待状が舞い込んできた。

『再婚することにしたので、花嫁を紹介したい』

米国に留学していた大学時代に交流があった学友からで、卒業後六年あまり経《た》っており、いささか唐突な話だった。

「バジル・ボーヌというと、フランス籍の船舶会社社長令息の？」

イズディハールは記憶を辿《たど》り、バジルの顔と名前を一致させる。

「そう。くるくるした癖っ毛で褐色の肌をした、童顔の男です。今は父親の会社で重役としてなかなかの辣腕を振るっているようですよ」

「俺はほとんど付き合いはなかったが、おまえはゼミが一緒でキャンプやフィールドワークを通じて親しかったようだな」

「いや、俺もそんなに仲がよかったわけじゃないんですよ。自慢したがりで派手好きな男だったから、パーティーの箔付《はくづ》けに俺や兄上にも来てほしいんでしょう」

ハミードは遠慮のない物言いをし、「どうしますか」とイズディハールの意向を聞いてくる。

イズディハールが行くなら自分も行くつもりのようだ。

「三月半ばというと、一月先の急な話ですが、俺は公務的にはなんの予定も入っていない時期なのでスケジュールの調整は問題ありません。兄上のほうは四月初旬に欧州四ヶ国を親善訪問なさるご公務がおありのようですが」

「そうだな。それで三月もとなると、少々慌ただしくはあるな」

ですよね、と同意しながらも、ハミードはあっさりとは引き下がらずに続ける。

「パーティーはボーヌ家所有のロクブリュヌの別荘で開かれるのですが、高台に建つ邸宅から地中海が一望できるそうなので、気晴らしにはいいかもしれません。非公式の訪問になりますので気を張る必要もない。秋成《あきなり》もお連れになるとよろしいのでは」

内心、秋成も同伴していいなら出席するのはやぶさかでない、と思っていたのをハミードに見透かされたようで、イズディハールは軽く目を見開いた。

「欧米では夫婦同伴が当たり前の風潮がありますから、べつに不自然ではないでしょう。今回は俺というお邪魔虫が同行させていただきますが」

ハミードはにやにやした顔つきで、最後わざと混ぜっ返すような発言をする。

イズディハールは「何を言う」と顰《しか》めっ面で一蹴し、すぐに眉間の皺《しわ》を消して苦笑した。

「そう言われると断りづらいのが本音だ」

「秋成は、俺が一緒だと気が進まないかもしれませんが」

「いや。おまえが思っているほど秋成はおまえを敬遠していない。おまえのことは、俺に対するのと同じくらい好きなはずだ」

「はは。だったら光栄ですよ」

ハミードはどこかせつなげな、複雑そうな表情で冗談にして受け流す。

気持ちを抑えようととてつもない努力をしているのが、双子ならではの意思の疎通の密さから察せられ、イズディハールもちょっと辛《つら》かった。

一度は幼馴染《おさななじ》みの女性と婚約するところまで漕《こ》ぎ着けたが、結局解消することになり、早くまた次を見つけろと言うのも無神経すぎて、国王をはじめ周囲は今、腫れ物に触るようにしてハミードと接している。ハミードの幸せを誰より強く願っているイズディハールにしても、他のことなら譲れても秋成だけは渡すわけにはいかないので、どうしてやりようもなく気ばかり揉《も》んでいる有り様だ。

もしも、今でもまだハミードが秋成に恋愛感情を抱いているなら、三人でのパーティー参加はハミードにとって決して楽しいだけのものではないだろう。イズディハールがハミードの立場なら、嫉妬と羨望で秋成を目の当たりにするのも苦しく、到底平静でいられない気がする。人のものに横恋慕する己に嫌悪し、落ち込みもしそうだ。

だが、ハミードは意志が強く、困難に負けずに立ち向かう果敢さを備えた聡明《そうめい》な男だ。本人から秋成も誘ってはどうかと言い出したところからして、むしろ早く吹っ切るためにそうしたいのかもしれない。

ハミードにとっても秋成は家族の一員で、これから先も身近に接していかねばならない存在だ。避けては通れない相手だから、いっそのこと積極的に秋成と関わり、どんなに望んでも手に入らないのだと己に言い聞かせる荒療治に出たのではないか。そんなふうにも思えた。

「本当に、秋成を連れていってもいいのか?」

あらたまって表情を引き締め、真面目に聞く。ハミードは真っ向からイズディハールの目を見据え、「ええ」と神妙に頷《うなず》いた。

「秋成は兄上の大切なパートナーだ。結婚したのに俺と二人だけで行けば、逆にバジルをがっかりさせますよ。秋成は性別不詳の美貌をしているので、わざわざドレスを着なくても、女性だと思って見れば女性で通用しますから」

ハミードは秋成を「妻」ではなく「パートナー」と呼ぶ。以前とは意識を変えたことの表れのようで、今のハミードからは秋成に対する深い敬愛と情が感じられる。男であると同時に女でもある秋成の性を受け入れ、尊重し、一人の人間として深く愛している。そのことがひしひしと伝わってきて、負けられないとイズディハールは身が引き締まる心地がした。

「わかった。秋成に話してみよう」

おそらく秋成は断らないだろう。最近は公務で人前に出る機会もしばしばあり、それを王家に嫁いだ身に課せられた義務だと捉えて精一杯務めてくれている。イズディハールが一緒に来てほしいと言えば、秋成は迷わず「はい」と承知するに違いない。

今回は、大勢の人々が招待される席ではあるが、公務ではなくプライベートだ。肩肘張らずに気楽に傍《そば》にいてくれたらいい。秋成に負担を掛ける気は毛頭なかった。

ロクブリュヌ・カップ・マルタンは南仏にある一都市だ。付近にあるニースなどと比べると特に有名な場所ではないが、高台からの眺めは一見の価値があり、骨休めするにはもってこいらしい。

三月半ばだとまだ肌寒さが残っているかもしれないが、その分観光客も少なめだろうから、イズディハールたちが訪れるにはいい時期だ。

「秋成はきっと兄上の意向に添うと返事をしますよ。それが彼の一番の望みでもあるのでしょうから」

どこか遠くを見つめる眼差《まなざ》しでハミードが口にした言葉が、イズディハールの胸に響く。ハミードの心境を思いやると複雑だったが、イズディハールはあえて気づかない振りをした。秋成は俺の伴侶だ。たとえ愛する双子の弟であっても、秋成だけは譲れない。むろん、共有するなどということもできない。そこははっきりしていた。

「兄上は、愛されていますよね」

「よせ。照れくさいだろうが」

「なにを今さら」

ハミードが気を取り直したように人の悪い笑みを浮かべ、イズディハールと再び視線を絡ませる。

「少し、飲むか」

なんとなくイズディハールはこのまますぐに辞する気になれなかった。学生時代を米国で過ごしたおかげで兄弟して酒類は好きで、ときどきこっそり嗜《たしな》んでいる。

「いいですね。とっておきの密輪ワインがありますよ」

どうやらハミードもまだ話し足りていないようだ。

その晩はそれ以上秋成の話はせず、王宮内の一室でハミードとグラスを傾けながら大学時代の思い出話に興じた。

そうしてひとしきりハミードと過ごし、午後十時過ぎに自邸に帰宅したイズディハールは、寝ずに待っていた秋成をベッドに誘い、腹の下に組み敷いた。

芳しい香りをほんのり纏《まと》った白い肌に手と唇を這《は》わせつつ、フランス行きの件をかいつまんで話し、率直に頼む。

「できればきみも一緒に来てほしい」

「……はい」

秋成は艶っぽい息を洩《も》らして喘《あえ》ぐ合間に遠慮がちに答え、濡《ぬ》れた瞳でイズディハールを見て、「喜んで」と快諾してくれた。

「また一つきみとの思い出が増えそうだ」

向こうで万一、何か不測の事態に見舞われるようなことがあったとしても、秋成は自分が全力で守る。

イズディハールは秋成の左手を取り、薬指に嵌《は》められた指輪に口づけながら、常に心している誓いをいっそう強く胸に刻みつけた。

■　■　■

王室専用機でコート・ダジュール空港に向かい、そこからはヘリと車を乗り継いでロクブリュヌ・カップ・マルタンに移動した。

地中海を見下ろす高台の急な斜面に、レンガ色の屋根を持つ家々が互いを支え合うように密集している。そんな中、バジルの別荘は広大な土地を占拠して建っており、ホテルを思わせる豪邸ぶりで他を圧倒していた。

淡い黄色の壁に珊瑚色《さんごいろ》の屋根を持つ三階建ての邸宅で、前庭の駐車スペースにはずらりと高級車が駐《と》まっている。イズディハールたちが到着したのは午後四時頃だったが、すでにほとんどの招待客が来ているようだ。

「ようこそ南仏へ」

車から降りた途端、卒業以来数年ぶりにバジルと顔を合わせた。ホスト自ら玄関先で出迎え、歓迎の意を表す。

先に降りたのはハミードだったが、相変わらずバジルは双子を見分けるのが苦手らしく、

「ええっと、イズディハール殿下？」と間違っていた。

「俺はハミードのほうだ。ゼミで一緒に学んだ仲なのに、ほとんど交流のなかった兄上と取り違えるとは、薄情な男だな」

「いや。いや、いや！」

バジルは慌ててハミードをハグし、「冗談だよ、ハミード殿下」と言い訳する。

「それにしても、よく来てくれた。同窓生の中でもきみたち兄弟はスペシャルなご身分だったので、こんな内輪の集まりに招待していいものか悩んだよ。勇気を出してよかった」

一度目はデキ婚だったらしいと噂《うわさ》のバジルは、前妻とは一年で別れ、結局式は挙げずじまいだったという。それもあって今回の二度目の花嫁とは盛大な結婚式を行う予定らしく、婚約披露パーティーの段階からたくさんの人々に祝ってほしいようだ。

ハミードに続いて車から出たイズディハールは、秋成に腕を差し伸べ、エスコートした。

「ほら、やっぱりイズディハール殿下もお国のご衣装だ。頭を隠されるとますます見分けがつきにくい……」

そこでバジルは言葉を途切れさせ、惚《ほう》けたように口を半開きにして茫然《ぼうぜん》とする。

イズディハールに手を取られて傍らに立った秋成を目にするなり、印象的すぎる美貌と気品溢《あふ》れる佇《たたず》まいに驚嘆したようだ。

「久しぶりだな、バジル・ボーヌ。ハミードだけでなく俺まで招待してくれて感謝する。気を遣わせて悪かったな」

イズディハールから声をかけると、バジルはハッとした表情になって我に返る。

「なにをおっしゃいます。ハミード殿下をご招待するなら、イズディハール殿下もご招待させていただかないわけがありません。遠路はるばるお越しいただき、恐悦至極に存じます」

バジルは直接的な付き合いがほとんどなかったイズディハールには殊更《ことさら》に緊張するらしく、言葉遣いまでしゃちほこばる。ハミードはそれを冷やかしを込めた眼差しで見ていた。

「できればご夫妻でおいでくだされればいいなと思っておりましたが、願いが叶《かな》って感激です」

「こちらこそ、お招きいただき、ありがとうございます」

鮮やかなローズ色のパンツスーツを着て、小さめのクラッチバックを持った秋成は、バジルに右手を差し出し、挨拶する。

バジルは秋成の手を恭しく握り、手の甲に口づけをした。

「お目にかかれて光栄です、妃殿下」

そう言ってまじまじと秋成の顔を注視するので、ハミードが呆《あき》れたように窘《たしな》める。

「おいおい、バジル、そうあからさまに見惚《みと》れるな。婚約者がつむじを曲げてしまうぞ」

「も、申し訳ない……！」

バジルはようやく秋成の手を離すと、面目なさそうに謝った。

「どういたしまして」

秋成はバジルに気を遣ってか、微笑《ほほえ》んで返す。相変わらず思いやり深い。

イズディハールも、秋成をただ見つめられただけでムッとするほど狭量ではなく、美しすぎる伴侶を持つ故の苦労だと思えば誇らしさのほうが大きいため、苦笑しただけだった。

同行させた三人の侍従たちが、滞在する間の衣服や日用品を詰めたスーツケースを次々と部屋まで運んでいく。大きめのハードトランク数個と帽子入れ、バニティバッグ等、四日間とはいえ荷物は膨大だ。多いときは日に何度もシチュエーションに合わせて衣装を替えるので、こうなる。

今回招待されている客のほとんどが、いわゆる富裕層にあたるため、別荘に泊まる人々の荷物はだいたいこんな感じらしいが、それにしてもこの量は破格だとバジルが感心する。ボーヌ家の使用人たちも執事の指示で荷運びを手伝った。

部屋は見晴らしのいい三階に用意されていた。イズディハールと秋成は同室で、ハミードの部屋は隣だ。

パーティーは午後七時からなので、それまで部屋で寛《くつろ》ぎ、着替えをすませ、五分前に三人で一階の大広間に行くという話になった。

ベランダから見下ろすと、主庭の英国式庭園と、斜面に建ち並ぶレンガ色の屋根がパズルのように連なった集落、さらにその先には紺碧《こんぺき》の海が一望できる。

「綺麗《きれい》ですね。少し寒いですけど、風が心地いいです」

「ああ。思った以上に素晴らしい眺めだ。きみと一緒にこの景色を見られてよかった」

そろそろ夕刻が近づく中、海風に髪を弄《もてあそ》ばせながら、秋成は眺望に目を細める。

イズディハールはそんな秋成を心ゆくまで目に焼き付け、背後からほっそりとした体に両腕を回して抱き竦《すく》めた。

秋成の体温が、芳しい髪の匂いが、イズディハールの身も心も熱くする。

ずっとこうしていたかったが、隣のベランダにハミードが現れ、気がついた秋成が僅かに身を捩《よじ》って面映ゆそうに俯《うつむ》いたので、腕を緩めた。

「地中海がよく見渡せるな、ハミード」

イズディハールはベランダの端に行き、ハミードとの距離を詰めて話しかけた。

「ええ」

イズディハールはベランダに出る前にカフィーヤを外していたが、ハミードは被《かぶ》ったままだ。背の中程まであるその白い布地を風に靡《なび》かせ、ハミードは隣のベランダから相槌《あいづち》を打つ。さらに、秋成にチラッと視線をくれて言い足した。

「邪魔したみたいで、すみません」

「べつになんとも思っていない」

　イズディハールは屈託なく返す。

「結婚すれば毎日顔を合わせるわけだから、たいていのことには鷹揚《おうよう》になれる」

「それは惚気《のろけ》ですか」

「まぁ、そんなところだ」

「羨ましい限りです」

　ハミードは肩を竦めて苦笑いしながら、半ば冗談、半ば本気といった感じで答える。

　兄弟で会話しているとき、秋成はいつも遠慮して、話を振られない限り口を挟まない。自分が原因で兄弟仲が悪くなるようなことがあっては申し訳ないと、常に細やかに心を砕いているのが察せられる。

　実はイズディハールには、この招待を受けると決めた大きな理由が一つあった。バジルと婚約者が仲睦《なかむつ》まじくしているところを見て、ハミードがまた結婚したくなって相手探しに熱を入れてくれたらいいと思ったのだ。

　しかし、ハミードには今のところその気はなさそうだ。

「俺はもう、結婚はせずに、側室を何人か迎えて跡継ぎだけ作ろうかと考えています」

そんなことを言い出して、イズディハールばかりか秋成にまで衝撃を与える。秋成が驚いて目を瞠《みは》り、表情を曇らせるのを見たイズディハールは、ハミードの道ならぬ想《おも》いに秋成も戸惑い、困惑しているのだとはっきりわかった。ハミードを嫌いではないからこそ、心を痛め、悩むのだ。

「その話はまた別の機会に聞こう」

イズディハールはベランダでの話を切り上げると、秋成を連れて室内に戻った。

「イズディハール。私……」

「秋成。きみも黙れ」

ハミードがあんなことを言い出したのは自分が悪いからだと、秋成が己を責めようとするのを察し、イズディハールはそれ以上言わせまいと、キスで唇を塞いだ。

感情を昂《たかぶ》らせかけていた秋成は、突然キスされて思考が停止したようで、イズディハールの腕の中でフルッと小鳥のように震え、そのまま身を委ねてきた。

愛らしい唇を啄《ついば》み、舌先を使ってこじ開け、温かな口腔《こうこう》を舐《な》め回す。

秋成はあえかな声を洩らして喘ぎ、絡めた舌を自分からもたどたどしく動かす。

いっそこのままベッドに押し倒して、隅々までまさぐり、確かめたかったが、そこまでの時間はなかった。

名残惜しげに濡れた唇を離し、薔薇色《ばらいろ》に上気した頰を手の甲で優しく撫《な》でる。

「シャワーを浴びて支度をしよう。無理にドレスを着る必要はない。きみの好きに装え」

「はい」

秋成ははにかみ、長い睫毛《まつげ》をそっと揺らす。

「ありがとうございます」

イズディハールの心配りをもったいなさそうに受ける秋成の控えめさ、慎ましさが愛《いと》しい。そんなに遠慮しなくていい、対等な関係だ、と言っているのだが、秋成にしてみればこれは持って生まれた性格で、自分でも変えがたいようだ。

イズディハールは浴室に行く前にもう一度秋成を抱き締め、唇を合わせて愛情の丈を籠めたキスをした。

＊

個人の邸宅での内輪の催しと聞いていたので、おそらくそれほど大人数集まるわけではないだろうと思っていたのだが、秋成の予想に反して、一階の大広間は着飾った人で埋め尽くされていた。

大広間だけではなく、テラスを通って下りていける主庭でも、結構な数の男女がショールを羽織るなどの防寒対策をして、飲みものを手に歓談している。

この辺りは今の時分午後六時半頃には日が暮れ、婚約披露パーティーが始まった七時には外は暗くなっていた。主庭には明かりが随所に用意されており、多少の肌寒さが酔い覚ましと解放感を味わうのにもってこいらしい。本格的に盛り上がるのは九時過ぎからだろうと、ホストの人柄を知るハミードは言う。

「ざっと見渡した限りでも、千人は招待されているようだな」

「ええ。別荘に滞在するのは我々も含めて数組だけとのことですが。ほとんどの客は、ニースやコート・ダジュール、マントンなどに別荘を持っているか、ホテルに宿泊するそうですよ」

「大学時代の知人友人はそれほど見かけないな。勤めだしてから築いた人脈が主らしい」

「政財界の大物も何人か来ていますよ。芸能関係の著名人もちらほら交じっている。なかなか華やかな交友関係だ」

傍らで交わされるイズディハールとハミードの遣《や》り取りを聞き、秋成は招待されている人々の客層をだいたい把握した。

二人は揃《そろ》ってアラブの民族衣装で盛装し、大広間に入ったときから周囲の注目を浴びていた。擦れ違う人は足を止めて振り返り、遠くからも視線を向けられる。高い関心を持たれていることは、感嘆の溜息《ためいき》やざわめきが行く先々で起きることから察せられた。

非公式の外遊なので身分は伏せておく約束で出席を承諾したはずだが、中には二人の顔を知っている者もいて、さっそく「中東某国からおいでのプリンスたちらしい」との噂が立っているようだった。

秋成はディープグリーンのパーティードレスで装った。アール・デコスタイルの、直線的なラインを生かした簡素なデザインのドレスで、胸元は肩から浅いV字に開いている。二の腕を覆う袖は繊細なレースで仕立てられていた。

「清楚《せいそ》できみらしいドレスだ。よく似合っている。美貌が映えすぎて心配なくらいだ」

イズディハールは満足そうに目を細め、そんなふうに評してくれた。

バジルの二度目の花嫁は、今度大学を卒業する予定だという、若さがはち切れそうな溌剌《はつらつ》とした女性だった。バジルの会社が主催したイベントに、学生アルバイトのコンパニオンとして派遣されたところを見初められたという。美人だが気さくで笑顔が可愛《かわい》いらしい。秋成自身は人となかなか打ち解けられないほうだが、彼女は誰とでもすぐ仲良くなれるらしく、話しやすかった。

「素敵な方ですね」

「ああ。バジルにしては上出来だ」

ハミードはチクリと嫌味を含ませ、同意する。

こうした物言いはいつものことなので、秋成ももう慣れた。嘘《うそ》やおべっかが不得手で、正直すぎるが故の不器用さだとわかってからは、かえってこのほうがハミードらしいと感じて、しっくりくるようになった。

「それより、兄上はどうされた?」

「五分ほど前に、お知り合いの方とばったり会われて、二人でシガールームへ行かれました」

イズディハールはタバコは吸わないはずだが、相手が吸いたがったので付き合うことにしたようだ。シガールームは女装している身では入れない。イズディハールは秋成を気に掛けてどうしようかと迷う素振りを見せたのだが、秋成が、行っていらしたら、と勧めた。

「知り合いか。誰のことだ……?」

ハミードは訝《いぶか》しげな顔つきをしたものの、「まぁ、いい」とすぐに気を取り直した。

「これだけの人数が集まると、中には意外な顔ぶれも交じっている。俺もさっき、なぜこいつがここにいるんだと思うようなやつがいて、目を疑った」

「どういう方のことですか?」

気になって詳しく聞こうとしたが、ハミードはそっけなく、

「きみは知らなくていい話だ」

と一蹴し、教えようとしなかった。

ハミードの言い方からして、なんとなく、裏社会に通じた人のことではないかと推察された。ボーヌ家のように、大企業を経営する富豪ともなれば、クリーンな人間関係ばかりではないだろう。

ハミードは長く軍と警察関係の最高責任者の任に就いていた。イズディハールに代わって皇太子となった今も、名誉総裁的な立場で関わりを持っている。国際手配されている犯罪者や、スパイ、裏社会の大物たちなどにもよく通じているようだ。そうしたきな臭い話を秋成にしたがらないのは、わかる気がする。

「私、ちょっと失礼いたします」

「どこへ行くつもりだ。庭園に下りるのなら俺も一緒に行ってやる」

「いいえ、外には出ません。化粧室に行くだけです」

化粧室、の一言でハミードはバツが悪そうに引き下がった。

「ここで待っていてやるから、さっさと用をすませて来い」

「はい。申し訳ありません」

ぶっきらぼうだが、イズディハールに負けず劣らず心配性の一面を垣間《かいま》見たようで、秋成はありがたさともったいなさを同時に湧かせた。イズディハールも、ハミードがいるからこそ安心してシガールームへ行ったのだ。くれぐれもハミードの傍を離れるな、と言われたことを噛《か》み締める。

大広間を出て、L字に曲がった廊下をしばらく行くと、突き当たりに化粧室が並んでいる。今夜は女装しているので、ドキドキしながら婦人用の化粧室に入った。

幸い誰もおらず、ホッとする。

ずっと男として生きてきたので、こうしたシチュエーションのときが最も緊張する。悪いことをしているようで気が気でなく、あなたは違うでしょう、と居合わせた女性に性の秘密を暴かれ、糾弾されはしないかと、常に兢々《きょうきょう》としている。

何事もなく化粧室を出た秋成は、ハミードの許へ少しでも早く戻ろうと、足早に歩きだした。

廊下の曲がり角まで来たとき、反対からスマートフォンを操作しながら歩いてきた男性と危うくぶつかりそうになり、ヒヤリとした。

「すみません……！」

咄嗟《とっさ》に避けて謝る。結婚前はザヴィアの近衛部隊に所属していて、毎日訓練に明け暮れていたため、反射的に体が動いた。士官学校時代から、俊敏さだけは誰にも負けなかったものだ。

「チッ」

男が忌々しげに舌打ちする。男も前方を注意しておらず、秋成が避けなければぶつかっていたにもかかわらず、自分のほうには非はなかったと言わんばかりだ。

相手の顔を見た秋成は、そこにかつて一度だけ引き合わされて挨拶をしたことのある男の面影があることに気がつき、思いがけなすぎる遭遇に息が止まるほど驚いた。

「おまえ、もしかして……エリスか？」

男もにわかには信じ難そうに目を瞠り、セカンドネームで秋成を呼ぶ。

現在、秋成はシャティーラでも公式にはエリスで通しているが、ザヴィアでローウェル家に迎えられたときも、呼び名はエリスだった。ローウェル家の人々にしてみれば、一人娘を唆《そその》かして出奔させた日本人の父は略奪者、憎んでも憎みきれない敵だ。日本名など決して認めない、と言い切った祖母の冷たそうな顔が、今でも脳裡《のうり》に焼き付いている。

両親を相次いで亡くしたとき、秋成は十二歳の小学生だった。それまで足を踏み入れたことすらなかったザヴィアは遠いよその国であり、そこで一、二を争う名門ローウェル家に身を寄せることは針の筵《むしろ》以外の何ものでもなく、いずれ自分はこの家から追い出されるだろうと、早くから予感していた。

案の定、祖父母は秋成の代わりにローウェル家の跡を継がせるべく、秋成より三歳年下の、又従兄弟《またいとこ》にあたる人物を養子に迎えた。秋成が軍務でシャティーラを訪れ、イズディハールと出会う一月前のことだ。

その又従兄弟というのが、今目の前にいる男、ワシルだ。

二度と会うことはないと思っていた男と突然相見《あいまみ》え、秋成は言葉を失った。ドレスアップした姿を見られたショックも大きく、動転して何も考えられない。動悸《どうき》がして、心臓が壊れそうなくらい脈打っていた。

「こいつは、たまげたな」

口を利くこともできずにいる秋成を、頭の天辺《てっぺん》から爪先まで無遠慮に見やり、ワシルはいやらしい嗤《わら》いを浮かべる。

「やっぱりおまえ、女だったのか。よくまぁ軍や義父《ちち》たちを騙《だま》し通してこられたもんだ。まぁ、犯罪者にでもならない限り、素っ裸にされて股ぐらまで確かめられることはないからなぁ。そう言えば俺もおまえと初めて会ったとき、妙な色香を感じておかしな気分になりかけたぜ」

下卑た視線がねっとりと肌に纏わり付くのを感じ、秋成は気色の悪さにザワッと鳥肌を立てて身を硬くした。

「おまえ、たいしたタマだよ、エリス。テロリストに荷担して逃げていたかと思ったら、シャティーラの王子様を色仕掛けで誑《たぶら》かして取り入り、無罪放免されるとはな」

それはザヴィア軍と政府が捏造《ねつぞう》した、根も葉もない作り話だ。ワシルを養子に迎えたことで秋成の存在が邪魔になったローウェル家からも圧力がかけられていたのだろう。

「あの事件以来、ザヴィアとシャティーラの国交は断絶に近い状態だ。おまえの話題はタブー中のタブー扱いされていてニュースにもならないが、王室の庇護《ひご》を受けているらしいとの噂は聞いていた。そう言えば、事件後に王子の一人が結婚式を挙げたという話が伝わってきたが、ひょっとして、おまえのことだったのか」

ワシルはずいと秋成に近づき、ニヤニヤした顔を寄せてくる。

秋成が反射的に身を引きかけると、すかさず腕を摑《つか》み、腰にもう一方の腕を回してきて荒々しく抱き寄せるという無礼を働く。

「離してくださいっ！」

嫌悪感に身を竦ませながら、必死に抵抗する。ワシルはザヴィア人の男としては小柄なほうだが、本気で押さえ込まれると、秋成の力では振り解《ほど》けない。

「静かにしろよ。なにも取って食おうってわけじゃない。せっかくこんな場所で会えたんだ。これもなにかの縁だ」

「もう私とあなたたちローウェル家の方々とは、なんの縁もないはずです」

「そうはいかない」

ワシルは狡猾《こうかつ》さの滲《にじ》む眼差しで秋成を見据え、悪漢と大差ない理不尽なことを言い出す。脅して従わせ、骨の髄までしゃぶり尽くそうとする質《たち》の悪い人間に捕まったような恐怖が秋成を襲う。

初めてワシルと会ったのは、士官学校に入学する前、ローウェル家に一時的に帰省していたときだ。高校卒業から士官学校入学までの間、ギリギリまで退寮の日を延ばしてもらっても一週間は居場所がなく、やむなく祖父母に頭を下げて世話になったのだ。

そのときワシルも大学の夏期休暇中で、祖父母に招かれてローウェル家にしばらく滞在していた。ワシルと秋成は三つしか違わなかったが、初対面のときからワシルは秋成に対して異様に横柄で、日本人の血が混じっていることを理由に、なにかと皮肉を言われたり蔑んだりされたので、苦手だった。

ワシルの態度は、あのときの辛く居たたまれなかった苦い記憶を呼び覚まし、士官学校の入寮日を指折り数えて待ち望んだ気持ちを思い出させた。

あれから何年も経ち、今やワシルはローウェル家の跡取りだ。これ以上秋成に何を望むのか、まだ奪い足りないものがあるのか、聞けるものなら聞いてみたかった。

「そうはいかない、とは、どういう意味でしょう?」

誰かに見咎《みとが》められて不審に思われるのは避けたかったので、秋成はなんとか平静さを取り戻し、ワシルと向き合うことにした。中途半端に逃げては、後々まで喉に刺さった棘《とげ》のように気にし続けなくてはいけなくなりそうで、嫌だった。

「まぁ、向こうでちょっと一杯やろうじゃないか。ついて来い」

ワシルは秋成の腰に回していた手を下ろすと、有無を言わせない強い調子で言って顎をしゃくり、大股で歩きだす。

「待ってください。殿下に一言断りを入れてからでないと……」

「殿下？　あそこで女性に囲まれているアラブ衣装の男のことか。心配しなくても、あの分では五、六分おまえの姿が見当たらなくても気にする余裕はないだろう」

大広間は先ほどより更に人が増え、混雑がひどくなっていたが、カフィーヤを被ったハミードの姿はすぐに見つけられた。ここで待っていると言った場所からほとんど動いておらず、ワシルの言うとおり豪奢《ごうしゃ》に着飾った女性数名に囲まれ、まんざらでもなさそうに話に興じている。

シガールームに行ったイズディハールはまだ戻っていないようだった。

いずれにせよ大広間にいさえすれば問題はないと思い、秋成はドレスの裾をヒールに引っかけないように気をつけながら、急ぎ足でワシルについていった。

途中、ワシルは飲み物のグラスを銀盆に載せてサーヴして回っていた給仕から、シャンパンを二つ受け取り、開け放たれたフランス窓を通ってテラスに出た。

広々としたテラスのあちらこちらに、コーヒーテーブルと椅子が置かれていて、ところどころに明かりが灯《とも》されている。暗すぎず、ムーディーな雰囲気が演出されており、椅子の多くは埋まっていた。

テラスの両脇には庭園へ下りる石段が設けられていたが、夜も深まってきた庭は寒さが増しており、ざっと見渡した限り人気《ひとけ》はなかった。

「ここでいいですか」

庭に下りると言われたら断るつもりで、いつの間にか秋成の背後に回り込んでいたワシルを振り返る。

ワシルはシャンパングラスを指の股に挟んで二つとも左手に持ち、右手を上着の内ポケットに突っ込んでいた。秋成と目が合うと一瞬ギクリとした様子で手の動きを止め、らしくない愛想笑いを浮かべてみせた。

「ああ。エリス、座れよ。こいつをおまえと一杯飲みたいだけだ」

ワシルはシャンパングラスを空いているテーブルに置くと、わざわざ秋成のために椅子を引いてくれるという紳士的な行動に出た。

「今メールが来て、連れが『どこにいる?』と聞いてきた。五分後にバーで待ち合わせることにしたから、おまえと一緒にいられるのもそれまでだ」

「私もそのほうが助かります」

秋成は正直に答え、ホッとする。なるべく早くハミードの傍に行きたかった。イズディハールが戻ってきたとき、秋成がハミードといなければ、きっと心配するだろう。ハミードも、女性たちの相手をしながら、そろそろ苛々《いらいら》している頃かもしれない。

そう思うと同時に、先ほどワシルが懐に手を入れていたのは、携帯電話を扱っていたからかと納得してもいた。

「ありがとうございます」

引いてもらった椅子に腰掛け、ドレスの裾を直す。

「ふうん。ドレス姿になると、どこからどう見ても女だな」

しげしげと舐め回すように視線を這《は》わされ、秋成は生理的な嫌悪感に怖気《おぞけ》が立った。

「おまえも馬鹿だな。女なら女だと言えば、軍になど入ることなく、義父たちが喜んで嫁入り先を世話しただろうに」

「いいえ。それ以前に、わざわざ私を日本にまで迎えにきて、引き取ってはくださらなかったでしょう」

秋成は思ったままを口にする。

「つまり、おまえの父親は、いずれ義父たちがおまえをローウェル家の跡継ぎとして受け入れるに違いないと踏んだから、おまえを男として育てたってわけか」

亡き父をまるで財産狙いだったかのように言われ、秋成は声を大にして反論したかったが、何を言っても曲解されそうだったのと、体の秘密を知られることだけは避けたかったのとで、唇を噛んで耐えた。

「社交界の花と謳《うた》われたユリアおばさんを攫《さら》って日本に逃げた男の考えることはとことんえげつないな。ものすごい美男子だったそうだが、おばさんは最期まで言いなりだったんだな」

「……もう、その話はやめていただけませんか。まだお続けになるのでしたら、私は失礼させていただきます」

次第に胸のむかつきがひどくなり、実際に吐き気が込み上げてきたため、秋成はやんわりとワシルの話を遮った。

「ああ。悪かったな」

ワシルはわざとらしく眉を上げ、少しも悪びれずにおどけた顔をしてみせると、グラスを取って秋成のグラスにカチッと軽く触れさせた。

「人妻になった美しい又従兄弟殿に、乾杯」

勧められるまま秋成もグラスを手にし、儀礼的に口をつけた。

飲むことを楽しめる雰囲気では到底なかったが、シャンパンの泡が嫌な気分を洗い流してくれるかもしれないと思い、グッと呷《あお》った。

ピリピリとした刺激が舌に来る。酒などめったに飲まない秋成には、美味《おい》しいとは思えなかった。

ワシルはその様子を粘ついた眼差しで見ていた。

「おまえ、シャティーラで逮捕されたとき、拷問されたんだろう？」

ワシルは下世話な好奇心を剝《む》き出しにした様子で聞いてくる。同情などかけらも感じられず、想像だけでサディスティックな興奮を味わっているのが伝わってきて、秋成はワシルの心なさに傷ついた。

「そのとき裸にされて女だってことがバレたのか？」

「わかりません。私はその前に気を失ってしまいましたから」

秋成は感情を抑えて淡々と返すと、少しでも早く席を立ちたくて、さらに一口飲んでグラスの中身を減らした。

「それで、今はうまくやっているのか？」

どういう風の吹き回しか、ワシルは一転して優しい声音で聞いてくる。

クラッと頭の芯が揺らぐ感覚がして、たった二口でもう酔いが回ったのかと困惑する。そこまで弱いはずはないのだが、苦手な相手と飲んでいる精神的な負担が体調を狂わせているのかもしれなかった。

「過ぎるほどよくしていただいていて……幸せです」

次第に眩暈《めまい》と頭痛がしてきて、秋成は手でこめかみを押さえた。

「どうした。気分でも悪いのか」

「はい。すみませんが、私、もう失礼します」

「無理に引き止めてすまなかったな。送っていこう。おまえを射止めたプリンスに、俺もご挨拶したい」

結構です、と断りたかったが、舌がうまく回らず、言葉にできなかった。

これはいくらなんでもおかしい。何か怪しげな薬でも盛られたかのようだ。

遅ればせながら不審を覚えつつ、椅子から立った途端、ふらっと身を傾《かし》がせてしまう。

「大丈夫か」

傍らに来ていたワシルに支えられる。

「こっちだ。歩けるか」

腰を抱かれて歩かされる間にも、徐々に症状は悪化し、意識が薄れ始めた。

どこを歩かされているかもわからぬまま、気がつけばテラスの端の石段を下りさせられていた。

「ど、こに……」

「すぐそこに四阿《あずまや》がある」

「嫌です、私は、広間に……戻ります」

なんとかしてワシルを振り切って逃げたかったが、体がまるで言うことを利かない。意識も朦朧《もうろう》としてきて、目を開けていることも難しく、支えられていなければその場に頽《くずお》れて動けなくなりそうだった。

抵抗らしい抵抗をすることもできず、明かりに照らされた庭園に連れ出される。夜でも煌々《こうこう》としているのは屋敷に近い手前側だけで、奥に行けば暗がりが増える。どう考えてもまずい状況だ。頭ではわかっているのに為《な》す術《すべ》がない。

そこでいったん意識が途切れ、次に気がついたときには、高いヘッジの陰になった、いかにも秘密の情事にうってつけの四阿で、籐製《とうせい》のカウチに座らされていた。

すぐ横に、寄り添うようにワシルがいて、あろうことか秋成はしどけなくワシルの胸板に傾いだ体を預け、指一本動かすのも億劫《おっくう》な状態だった。

「わ、私に……何を……。飲み物に、何を入れたのですか」

秋成はようやくそれだけ言葉にした。

全身が火照って熱く、心臓の鼓動が速い。少しでも肌に触れられると、ビクッと反応してしまうほど過敏になっていて、体の奥が淫らに疼《うず》く。そのうち秘めやかな部分にも潤みや屹立《きつりつ》といったはしたない兆候が現れるのではないかと気が気でなかった。

「安心しろ。習慣性のあるクスリじゃない」

ワシルはクックッと面白そうに忍び笑いしながら、秋成の顎の下や首筋を平手で撫で下ろす。

無骨な手で触れられた秋成は、虫酸《むしず》が走るほどの不快さと、過度に感じやすくなっているのとでビクビクと身を震わせ、あえかな声を洩らした。

「ステージモデルみたいに平らな胸だな。旦那はこれでいいと言っているのか」

「やめて……嫌っ、嫌だ。離して……！」

必死に身動《みじろ》ぎして、ワシルの手を引き剝がそうとするが、力が入らず敵《かな》わない。

「騒ぐと誰かがここまで様子を見に来るかもしれないぜ。テラスにはまだたくさん人がいるからな。不貞を働いたのがバレたら、離縁されて、やっと手に入れた幸せが台無しになるぞ」

「私は不貞など働きません」

「ほう。なら、これは強姦《ごうかん》だと主張するつもりか。濡れたらそうは言えないことくらい、知っているよな、エリス？」

「やっ、やめて！　やめてくださいっ！」

身を捩って避けようとするが、ワシルに強い力で押さえ込まれ、光沢のある絹地と繊細なレース地をふんだんに使ったドレスの裾をたくし上げられる。

ほっそりとした脚が露《あら》わになり、秋成は恐慌を来《きた》しかけた。

「お願い、しないで。ああっ」

頑《かたく》なに閉じたままにしていた脚も、太股の間に手を入れられた途端、電気を流されたような痺《しび》れが全身を貫き、あっけなく割り開かれる。

「い、いや……っ、見るな。見るな、ワシル」

「義父たちを騙していた罰だ、エリス」

ワシルは下卑た嗤いを浮かべ、左腕一本で秋成の抵抗を封じると、ポケットからスマートフォンを取り出した。側面のボタンを長押しし、カメラモードにする。

イズディハールたち以外にはひた隠しにしてきた秘密を暴かれてしまう。

秋成は生きた心地もしないくらい怯《おび》え、動顚《どうてん》し、頭が真っ白になった。体が固まったように動かせなくなり、ショーツに指を掛けて引きずり下ろされるのを止める手立てもなかった。

「ああ？　おい、なんだ、おまえ……」

予想外のものをそこに見つけ、ワシルが驚愕《きょうがく》した声を上げる。

それ以上何も言われたくなくて秋成は硬く目を閉じた。できることなら耳も塞ぎたかったが、体は依然として石のように強張《こわば》ったままだった。

「もっとよく見せろ」

いくら嫌と繰り返してもワシルは聞き入れず、腕尽くで秋成の脚を左右に大きく広げさせる。

「そうか。話には聞いたことがあったが、おまえ、そうだったのか」

秋成は目を開ける勇気もなく、閉じた睫毛を震わせ、わななく唇を噛み締めて、絶望的な気持ちで耐えていた。

「どうなっているんだ。へぇ……」

ワシルの指が秘裂を無遠慮に掻《か》き分ける。

「い、や……っ！」

猛烈な嫌悪感が込み上げ、秋成は尖《とが》った声を放って腰を引きかけた。

「じっとしていろ！」

すかさずワシルに叱咤《しった》され、小振りな陰茎を懲らしめるように強く握り込まれる。

「ひっ！」

乱暴な行為に秋成は顎を仰《の》け反らせて苦鳴を洩らし、ワシルを恐れて身を固くした。

「おとなしく脚を開いていろ、エリス」

秋成を暴力で従わせ、再び太くて短い芋虫のような指を陰茎の下の切れ込みに伸ばしてくる。

「あっ、あ……っ」

繊細な秘肉に触れられると、官能を強く刺激され、奥から蜜が溢《あふ》れてくる。

秋成はビクンッ、ビクンッと、肩が揺れるほど激しくのたうち、喘いだ。虫酸が走るほど嫌なのに、体は勝手に反応する。おそらく怪しげなクスリを飲まされたせいに違いなかった。そうとわかっていても、消えてなくなりたいような惨めさに襲われ、秋成はワシルの前で痴態を晒《さら》す自分自身を激しく嫌悪した。

「へへ、おまえも十分感じているじゃないか。いやらしく濡らしやがって」

ワシルは秋成を言葉でも責めながら、スマートフォンで剝き出しの股間を撮影する。

シャッターを切る音に秋成は怖気立ち、全身に針を突き立てられたような苦痛を感じて悲鳴を上げた。

閉じた瞼《まぶた》の淵《ふち》に溜《た》まった涙の粒が頰に零《こぼ》れ落ちていく。

こんなことをされては、イズディハールに顔向けできない。自分の身一つ守れない己の腑甲《ふが》斐《い》なさに唾棄したくなる。悔しさと羞恥で頭がいっぱいだった。

「これを世間に公表したら、ものすごいスキャンダルだな、エリス？　おまえ、このことをシャティーラの国民に打ち明けてないんだろう？　おまえの旦那の殿下に俺が証拠の写真を持っていると言ったら、殿下は俺に相当な便宜を図ってくださりそうだな」

恐れ知らずにもワシルはイズディハールを脅すつもりらしい。

秋成は驚きに目を瞠る。

それだけはなんとしてでも阻止しなくてはと、座面に手を突き、懸命に身を起こしかけたとき、頭上でワシルが「うっ……！」と突然息を呑《の》み、全身を硬直させた。秋成の脚を開かせていた手も離れ、ボトリと四阿の床にスマートフォンが落ちる。

何事かと顔を上げた秋成の目に、切れ味の鋭そうなナイフをワシルの喉笛に近付け、今にも掻き切らんと狙い定めたハミードの姿が映る。

「殿下……！」

同時に、ハミードの背後からイズディハールがすっと現れ、瞬《まばた》き一つできずにいるワシルの膝から秋成を奪い返す。カウチの上に落ちていたショーツもさりげなく拾い、丸めてポケットに仕舞う。

「イズディハール！」

秋成はイズディハールに軽々と横抱きにされ、安堵《あんど》と申し訳なさでいっぱいになりつつ、救い出してもらったことに感謝する。

「すまない、秋成。俺がきみの傍を離れたのがいけなかった」

いいえ、いいえ、と秋成は涙を零しながら何度も首を振った。謝らなくてはいけないのは自分のほうだ。そう言って、きちんと許しを請いたかったが、胸が詰まって言葉にならない。

「ハミード、悪いが、ここは任せていいか」

「もちろん最初からそのつもりです」

ハミードはワシルにナイフを突きつけたまま、横目でイズディハールと秋成を流し見て承知する。

「この男の始末は俺がつけるので、心配無用だ、秋成」

そう言って、床に落ちていたスマートフォンを拾い上げると、片手で器用に画面を操作して最新画像三枚を削除し、ワシルのタキシードのポケットに戻す。

「秋成の秘密は決して外には洩らさせない。この男も叩《たた》けば相当埃《ほこり》が出そうだ。さっきも麻薬の密売を取り仕切っている裏社会の大物と一緒にいるところを見かけた。どうやら麻薬を常用しているようだ。このことをローウェル家に知られたら、跡継ぎの座も安泰ではなくなるだろうな、おい？」

ワシルは顔面蒼白《そうはく》で、あわあわと口を動かすばかりだ。まともに喋《しゃべ》ることもできないでいる。秋成の秘密をネタに恐喝するつもりが、逆にハミードに秘密を握られて脅されることになり、狼狽《うろた》えまくっているようだ。

「問題なさそうだ」

イズディハールは秋成の顔を覗《のぞ》き込み、安心させるように微笑んだ。

「恩に着る」

ハミードにあらためて礼を言い、秋成を横抱きにしたまま邸宅に引き返す。

「私、もう大丈夫です。自分で歩けますから、下ろしてください。重いでしょう」

テラスに上がる石段の手前で秋成は恥じらいながら言った。

「べつに重くはないが、目立たないように大広間を出たかったら、歩いてもらったほうが無難だな」

イズディハールは慎重に秋成を地面に立たせると、腰を抱いて支えてくれた。

「何か変な薬を飲まされたのだろう。気分は悪くないか？　少し熱っぽいようだが」

「まだ少し頭がクラクラして……その、火照りが治まらないのですが、なんとか体は動かせるようになりました」

「そうか。とにかく、部屋で休め。俺も傍にいる」

「はい」

ありがとうございます、と秋成ははにかんで答えた。イズディハールの気遣いと優しさが身に染みる。

パーティーはこれから深夜にかけてさらに盛り上がりを見せるようだったが、イズディハールはもう戻る気はなさそうだった。

二人にあてがわれた部屋に引き取り、イズディハールに口移しで水を飲ませてもらう。

自分で飲めます、と言ったのだが、イズディハールは色香の漂う眼差しで秋成を見据え、

「だめだ」と甘く突っぱねた。

「朝まできみは俺の言うことを全部聞け。俺をさんざん心配させ、どこに消えたのかとハミード共々捜し回らせた罰だ」

「本当に、申し訳ありませんでした」

「ハミードは特に、俺からきみを託されていたのに、女性陣に取り囲まれて振り切れずにいる間にきみを見失っていたと、己の失態を責めていた」

「私……本当に、自分が情けなくて、嫌になります」

「きみは何も悪くない。俺もハミードもそれは重々承知している。きみを守るのは俺の役目だ。ハミードも……心から愛せる別の誰かを見つけるまでは、俺と同じ気持ちでいるだろう」

「もったいなさすぎます。私、私、どうしたらいいのでしょうか」

「心のままに、自分に正直に、楽に生きろ」

イズディハールは、揺るぎのない真摯な、深い愛情の籠もった眼差しで秋成をじっと見つめ、きっぱりと言う。

「きみが今まで、とても辛くて苦しい思いをたくさんしてきたことは想像に難くない。俺は、俺のすべてを分かち合って、これから先、死ぬまできみと共に生きていきたい」

「私のような、次から次にトラブルに巻き込まれる星回りの人間が、本当にあなたにふさわしいのでしょうか」

秋成はずっと気に病んでいることを、おずおずと口にする。

イズディハールは秋成の頬を親指の腹で撫で、顎を擡《もた》げると、先ほど水を飲ませてくれた口で、今度は舌を差し入れる濃厚なキスをしてきた。

舌を搦《から》め捕られ、唾液を啜《すす》るように強く吸い上げられる。

「んっ、ん……っ、う」

秋成も喘ぎながら懸命にキスに応えた。

湿った水音を立て、唇を繰り返し接合させつつ、イズディハールにドレスを脱がされる。

裸にされて、両腕に力強く抱き竦められ、秋成は堪《こら》えきれずに目を潤ませた。

ここまで自分を愛してくれる人は、世界中どこを捜してもきっといない。

「私もあなたに何かしたい。できることがあれば、なんでもします」

どうにかしてイズディハールの気持ちに報いたくて、秋成は真摯に訴えた。

「もう十分してくれている」

イズディハールは真面目に返すと、秋成を抱え上げ、天蓋付きのベッドに運ぶ。

シーツの上に横たえられた秋成は、イズディハールが傍らで服を脱ぎ捨てて、見事な裸身を晒すのを瞬きもせずに見つめた。

惚《ほ》れ惚《ぼ》れとするような美しい筋肉質の体が秋成の上に覆い被さってくる。

ギシッとベッドのスプリングが僅かに軋《きし》む音が、どうしようもなく官能を刺激した。

ずっしりとした重みのある、瑞々《みずみず》しい肌に包まれた肉体を全身で受けとめ、秋成はそれだけであえかな声を洩らしてしまうほど感じて昂った。

陰茎が痛いくらいに勃起し、その下に続く切れ込みの内側も、ぬかるんでいる。指を辿《たど》らせて確かめたらどれだけ恥ずかしいことになるのか、容易《たやす》く想像できた。

さらにはしたないことに、最初にイズディハールを受け入れて快感を覚え込まされた後孔も、妖しく、もの欲しげにひくついていた。

体中がイズディハールを求め、貪婪《どんらん》に疼く。

イズディハールの股間もそれに応えるように屹立し、長く太く張り詰めていた。

「このまま挿《はい》りそうだ」

秋成の前に指を差し入れたイズディハールが色っぽい声で耳元に囁《ささや》く。

「挿《い》れていいな?」

「……はい」

秋成が消え入りそうな声で承知すると、イズディハールは秋成の脚の間に身を置いて、愛液にまみれた秘所に剛直をあてがい、ズンと腰を進めてきた。

「ああああっ」

濡れそぼった秘肉の間を抉《えぐ》られ、嬌声《きょうせい》を上げて仰け反る。

「気持ちいいか」

「あ、あっ、だめ、だめです、そんな……っ」

最も敏感な陰茎まで同時に弄《いじ》られだして、秋成は身を捩って悶《もだ》えた。

「あとで、きみの一番好きな後ろにも挿れてやる」

腰と手や指とを巧みに連動させて秋成を責めつつ、イズディハールは愛情の深さを存分にぶつけてくる。

ロクブリュヌの夜明けはまだ遠かった。

愛と絆と革命の花嫁

1

『助けてくれ。ザヴィアでクーデターが起きようとしている』

秋成《あきなり》の許《もと》に、見覚えのないアドレスから緊迫感に満ちたメールが送られてきたのは、新年を迎えてしばらく経った早春のことだった。

不審を覚えつつもメールを開いた秋成は、予想外の内容に目を瞠《みは》り、これは悪質な悪戯《いたずら》ではないのかとまず疑った。

送信者はワシル・フリスト・ローウェル。

秋成の祖父が当主の旧貴族ローウェル家に養子に入った男だ。秋成より三歳年下だが、続柄的には叔父になる。生家はローウェル家の遠戚にあたる裕福な一般家庭だそうで、祖父母と血の繋《つな》がりは濃くはない。二年前、ザヴィア共和国で一、二を争う名家の跡継ぎとして社交界にお披露目されてからは、祖父母の許で次期当主たるべく研鑽《けんさん》を積んでいるはずだった。

世間的に見れば、秋成は直系の孫でありながら遠縁のワシルに相続権を奪われたことになるのだろう。当時はあれこれ憶測され、同情よりも好奇の混じった眼差《まなざ》しを向けられて、傷つきもした。それでも秋成はワシルに対してなんら思うところはなく、祖父母の決定に不満も持っていなかった。元々祖父母とは年に一、二度会うかどうかというくらい疎遠だったし、彼らが秋成を正統な後継者として認めていないことは、両親亡き後引き取ってもらった当初から承知していた。秋成には体の秘密もあったので、むしろ祖父母がワシルを養子に迎えてくれて安堵《あんど》したくらいだ。これでローウェル家とは関係なく生きられる、そう思って肩の荷を下ろせた気持ちだった。

その後いろいろあって、秋成は中東の専制君主制国家シャティーラでイズディハール王子に求婚され、悩んだ末に結婚した。男としても女としても不完全な体を引け目に感じて生きてきたため、妃殿下になるなどあり得ない、無理だ、と初めは固辞したのだが、イズディハールの深い愛情と真摯な気持ちに心を動かされ、二人で歩んでいくと決めた。

イズディハールと結婚して一年と八ヶ月。その間にも幾度か苦難に見舞われたが、それらを乗り越えてきたことで、絆《きずな》はいっそう強くなった気がする。

十一ヶ月前、フランスのロクブリュヌで偶然ワシルと顔を合わせ、ワシルに非道なまねをされかけたときにも、イズディハールがハミードと共に秋成を助けてくれた。二人の大学時代の学友だった富豪男性の婚約披露パーティーでのことだ。よもやそこにワシルも招待されていたとは夢にも思わず、会場でばったり出会《でくわ》したときにはとても驚いた。

二年前シャティーラで起きたテロ事件を機に、シャティーラとザヴィアの国交は途絶えており、現在も回復していない。秋成は反逆者の疑惑をかけられたまま事実上国外追放処分にされた身で、ワシルとはもちろんのこと、祖父母ともいっさい連絡をとっていなかった。

あわやというところでイズディハールとハミードに助けられて事なきを得たものの、さすがに秋成も今後ワシルと関わりを持つ気にはなれなくなっていた。ワシルのほうも、いろいろ都合が悪くなって、秋成とは距離を置くことにしたはずだった。

それが。

クーデター——ワシルによると軍部の中の一派が蜂起したらしい。

にわかには信じがたいが、いくらワシルでも、こんな深刻な内容のメールを冗談で送りつけてくるとは考えられない。この情報が誤りでないとすれば、無視して放って置くわけにもいかないだろう。どうやって秋成の個人的なメールアドレスを知ったのかは続きの文面で触れられている。それを読むと不本意ながら納得せざるを得ず、ワシルの名を騙《かた》った偽メールという可能性は低そうだった。

『日頃付き合いのない俺から突然こんなメールが送られてきたことを警戒しているかもしれな

いが、神に誓って本当の話だ。このメールアドレスは、婚約披露パーティーでおまえが意識をなくしたとき、スマートフォンを調べて取得した。あのときは下心があって下劣なまねをしたが、今の俺は違う。二度とおまえに楯突《たてつ》く気はない。信じてくれ』

飲みものに怪しい薬を混ぜられ、意識が朦朧《もうろう》となっていた間に、勝手にスマートフォンを弄《いじ》られていたとは知らなかった。ワシルは先々にも秋成を強請《ゆす》るなり何なりするつもりでそんなまねをしたのだろうが、不当に得た秋成の連絡先を利用する機会を失したままだったらしい。それがこんな形で役に立ち、秋成に救いを求めてくるとは皮肉なものだ。しかし、これも縁と言えば縁なのかもしれない。

正直、ワシルにはいい印象は持っていない。だからといって、このまま知らん顔をしているほど無情にもなれず、秋成は胸をざわつかせた。

ワシルのメールからは強い焦燥が読み取れる。取るものも取りあえず国外に逃げ、現在トルコの首都イスタンブールにいるという。祖父母は一緒でないようで、秋成は何よりそれが気になった。気位が高く、頑固で気難しい人たちだから、クーデターの可能性を聞かされても、逃げるなどあり得ないと突っぱね、動こうとしなかったであろうことは想像に難くない。

クーデターが本当に起こったら、現体制の中で並外れた厚遇を受けている旧貴族家は真っ先に槍玉《やりだま》に挙げられるのではないか。特にローウェル家は名門中の名門で、現政権との関わりも深い。祖父母が屈辱を味わわされることになりはしないかと心配だ。身柄を拘束されたり、危害を加えられたりする可能性もないとは言えず、事が起きる前に安全な場所に避難してほしいと思う。結果的に何事もなかったなら、それはそれでいい。

共和制になってからも一部の富裕層や旧貴族らが既得権益を振り翳《かざ》し、格差社会から脱しきれずにいるザヴィアの現況には秋成自身思うところがあるが、クーデターという強硬手段を取ることには、諸手《もろて》を挙げて賛成するわけではないのが本音だ。

己の信念と、亡き母の実家であるローウェル家の立場、両者の間で秋成は常に気持ちを揺らがせている。

それは、ザヴィアに裏切られ、ローウェル家からも見放され、実質国外追放処分を受けたも同然の身になってからも変わらない。今はもう、イズディハールの伴侶であり、シャティーラ王室の一員だが、ザヴィアとまったく無関係になることは気持ちの上でできていなかった。

祖父母の安否はやはり気にかかる。引き取られてすぐ全寮制の中高一貫校に入れられ、肉親とは名ばかりの関係性しか築けていない間柄だが、母の両親で血の繋がりがあると思うと、有事の際に放ってはおけない。疎まれてもいいから自分にできる限りのことがしたいし、せずにはいられなかった。

ワシルからのメールをイズディハールに見てもらい、どのように対処すべきか意見を聞いてみよう。秋成はそう決意した。事態が落ち着くまでシャティーラで保護してほしいとワシルは希望しているが、それができるかどうか秋成の一存では決められない。イズディハールから国王ハマド三世に話してもらって許可を得る必要があるだろう。

秋成よりもイズディハールやハミードたちのほうが、外交ルートを通じてより多くの情報を持っている。ことによると、ワシルが危惧しているザヴィア国内でのクーデター勃発の可能性についても、何か知っているかもしれない。

秋成は書きもの机の端に置かれた時計に目を向けた。十一時を少し過ぎているが、この時間ならイズディハールはまだ起きていることが多い。夜更けにこんな用件でイズディハールの寝所を訪ねるのは、いささか不粋で不躾《ぶしつけ》かと躊躇《ためら》いもするが、このままでは朝まであれこれ考えて寝つけそうになかった。

ネグリジェの上からドレッシングガウンを羽織り、イズディハールの居室へ向かう。

夜間は、侍女や侍従といった身の回りの世話をしてくれる人たちも、こちらから呼ばない限り夫妻のプライベートなスペースが連なる一角には立ち入らない。誰の目に触れることもなくイズディハールの部屋の前に立ち、遠慮がちに扉をノックする。

「夜分すみません。起きていらっしゃいます……?」

すぐに両開き扉が片方開き、秋成同様ガウン姿のイズディハールに迎え入れられる。

「珍しいな。きみのほうから俺の閨《ねや》に来てくれるとは」

イズディハールはからかうような眼差しで秋成を見つめ、手を取って甲に恭しく接吻《せっぷん》する。

「さすがに毎晩ではきみに負担をかけすぎるかと、今夜は自重するつもりだったのだが」

「そ、それは……不要なお心遣いなのですが」

秋成は羞恥と、そうではなくて、という申し訳なさとで恐縮し、俯《うつむ》いた。

「いや。気にするな。言ってみただけだ」

戸惑う秋成の顔を見て、イズディハールはすぐに何事かあったなと察した様子で、表情を引き締めた。

「奥で聞こう。俺に相談事があるのだろう」

秋成はイズディハールに肩を抱き寄せられ、暖炉の傍《そば》のソファに連れていかれた。

暖炉にはまだ火が入っており、よく乾かされた薪の爆《は》ぜる音がした。いかにも団欒《だんらん》という感じがして心が落ち着く。イズディハールも同じ感覚らしく、自らの居室にはエアコンだけではなく薪を燃やす暖炉も設置するよう建築デザイナーにリクエストしたという。

「手が少し冷えている」

並んで座ったイズディハールに、温《ぬく》もりを移すように両手を握られ、秋成は睫毛《まつげ》を揺らしてはにかんだ。イズディハールの手は大きく温かい。包み込むようにされると、安心して頼れる気がしてホッとする。

「夜の廊下は寒いからな。二月の今時分は特に。呼んでくれたら俺のほうからきみの部屋に行ったのに」

「あなたを私事で呼びつけるような不敬なまね、畏れ多くてとても」

「きみは俺の妻だろう。きみに頼られ、甘えられるのは伴侶である俺の特権だ。俺にできることならなんでもしてやりたい。させてくれ」

愛《いと》おしげに頰を指先で撫《な》でられ、顎を擡《もた》げられ、秋成は目を閉じた。

少し弾力のある温かな感触が唇に押しつけられてくる。優しく啄《ついば》まれて、秋成からもキスを返した。イズディハールの腕が腰に回されてきて、強く抱き締められる。

「きみはいつもいい匂いがする」

秋成の項《うなじ》に顔を埋《うず》めたイズディハールは、深く息を吸い込み、下腹部を直撃するような色っぽい声で言う。しっとりとした低音ボイスに股間が痺《しび》れ、疼《うず》きだし、秋成は身を震わせた。

ドレッシングガウンの下は薄衣のネグリジェ一枚だ。密着した体に熱がダイレクトに伝わり、身も心も昂揚《こうよう》する。ぴったりと閉じ合わせた太腿《ふともも》に手を掛けられ、中心を確かめられでもしようものなら、男性器は硬くなって頭を擡げ、もう一方の器官はぬかるみ、いずれもはしたない状態になるだろう。

腕の中で身動《みじろ》ぎする秋成を、イズディハールはゆっくりと力を抜いて離してくれた。

「歯止めが利かなくなる前に話をしなければな。何があった？」

「はい。ワシル・フリスト・ローウェルを覚えていらっしゃいますか」

「去年の三月にロクブリュヌで会った男だな。バジル・ボーヌの再婚を祝うパーティーに来ていた」

　イズディハールはワシルに対していい印象を持っていないことを取り繕わず、眉間に皺《しわ》を寄せて苦い顔をする。こんなふうにイズディハールが好悪をあからさまに示すのは珍しい。それだけ秋成への想《おも》いが強く、ワシルが秋成にした不埒《ふらち》な仕打ちをいまだ許していないことが察せられる。イズディハールの気持ちをありがたく感じる一方、これからしようとしている話の持っていき方に気を遣う。

　秋成はガウンのポケットに手を入れ、スマートフォンを取り出した。

「彼からこんなメールが来ました」

　ワシルが送ってきたメールを開いて見せると、イズディハールは表情を硬くしたまま秋成の手からスマートフォンを受け取り、文面に目を通しだす。

「きみのメアドを不正入手するとは油断も隙もない男だな。だが、これが初めて寄越したメールなら、きみに近づくなという俺たちの警告には今まで従っていたということだ。やむを得ない緊急事態、そう考えていいだろう」

イズディハールは不愉快そうではありつつも冷静かつ理性的で、秋成をホッとさせた。

「ザヴィアでクーデターが起きようとしているというのは……」

「ない話ではない。我が国とも現在国交断絶状態だが、ここ数年、他との関係も次から次へと悪化させている。つい先月も貿易摩擦問題でEU諸国との経済交渉が決裂に終わり、首脳陣の責任を追及していた野党の先鋒《せんぽう》議員が事故死するというきな臭い事案があった。こうした粛正じみた不審事は一件や二件ではないようで、国民の間にも政権への不満と不信が広がっていることがインターネットへの書き込みなどから見てとれる。政治改変の潮目に来ているのかもしれないな。実力行使を企てる者が現れても不思議はない」

「ザヴィアは共和制とは言っても、代々権力の中枢にいた元皇族や旧貴族たちの影響力が依然として強く、国を動かす力を持っているのは結局そういう家柄の人たちです。政治家にせよ軍人にせよトップはいわゆる昔の特権階級で、一般からいくら優秀な人材が上がってきても、頭打ちされてある程度までしか行けないようになっています。裏金が当たり前に行き交う、不平等な世界です。軍部も例外ではなく……かく言う私も、少なからずローウェル家出身であることによる恩恵は受けていました」

名家の子弟しか入学できない全寮制の中高一貫校から、やはり家格を重んじる士官学校に進み、卒業後は幹部候補生として近衛《このえ》部隊に入隊、三ヶ月の研修期間を経て大尉に任命され赴任した。ザヴィアで一、二を争う名門ローウェル家が後見に付いていたからだ。祖父母がワシルを養子に迎え、秋成を後継者候補から外した途端、手のひらを返したように周囲の対応が冷たくなって、挙げ句の果てに厄介払いするかのごとく国からも捨てられた。そもそもが秋成は祖父母によく思われていないことを子供ながら肌で感じていたため、ローウェル家の力に必要以上に頼るのは気が咎《とが》めていた。体に秘密も抱えていたので、跡継ぎ問題が解決した以上世話になり続けるつもりはなかったのだが、それでもやはり、国から押された裏切り者の烙印《らくいん》を、祖父母にも誤解だと信じてもらえず見放されたと知ったときには、心に痛手を受けた。

「きみにとってはローウェル家もザヴィア国自体も、あまり居心地のいい場所ではなかったのではないかと思うのだが、それと愛国心や望郷の念は別物なのか」

イズディハールの黒い瞳は真摯で思慮深く、思いやりに満ちている。その目でひたと見据えられると、秋成は胸の内まで見透かされている心地になり、己の気持ちと今一度向き合わされることになった。

「望郷の念は、正直ありません」

膝の上で組んだ手の指を動かし、一度ぎゅっと力を込めて組み直して、秋成は言った。

「愛国心、というのともちょっと違う気がしますが、身内の身に何か降りかかろうとしているならば放っておけない気持ちになっているのは確かです」

「身内か。きみをあまり可愛《かわい》がらなかった祖父母でも、きみにとっては血の繋がりのある大切な人たちなのだろう。いや、嫌味を言っているわけではない。彼らは日本で天涯孤独になってしまったきみを引き取り、旧家の令息にふさわしい教育を受けさせ、軍人として生きていく道を用意した恩人だ。少なくとも義務は果たしている。きみが近衛の士官になっていなければ、外務大臣の警護役としてシャティーラに来ることはなく、俺はきみと出会えなかったかもしれない。そういう意味では俺も二人に感謝している」

イズディハールは歯に衣着せず率直に言う。掛け値なしの本心だと伝わってきた。

「ここ数日のうちにクーデターが起きるかどうかは定かでないが、心配なら御祖父母にもひとまず国外に出てもらって……」

リィン、と突如鳴りだした電話の呼び出し音に、イズディハールは言葉を途切れさせた。

壁際のコンソールテーブルに置かれた固定電話に歩み寄り、受話器を上げて「俺だ」と応じるイズディハールを、秋成は息を止めて見守った。これにかけてくるのはハミードだけだ。しかも、こんな夜更けに、イズディハールを叩《たた》き起こす覚悟でかけてきたとなれば、ただ事ではないだろう。

「いや、かまわん。まだ起きていた」

イズディハールは口早に言うと、用件を話すよう促した。

相手の声は聞こえないが、イズディハールの表情は真剣なままで、ときおり打つ相槌《あいづち》も重々しい。イズディハールは聞き役に徹していたので話の内容を推し量るのは難しかったが、秋成はもしかしてという悪い予想を捨て去れず、鼓動を速めていた。

「わかった。早急に知らせてくれて感謝する。明日あらためて話そう」

手短に通話を終えたイズディハールが振り返る。

遠慮して数歩離れた位置に立っていた秋成の許に大股で近づいてくるイズディハールの表情を見ただけで、秋成は予想が当たっていることを確信した。

「つい先ほどザヴィアで軍部によるクーデターが起きたそうだ」

やはり、そうだった。

「ワシルの情報は正しかったのですね」

「彼はロクブリュヌでも裏社会の大物と会っていたのだろう。麻薬取引で知られた男と一緒にいるところを見たとハミードが言っていた。麻薬に手を出していることを黙っておく代わりにその男とは縁を切るよう誓わせたはずだが、その男以外にも情報通の知り合いがいるのかもしれないな」

イズディハールはまだワシルへの疑いを払拭し切れていない様子だ。無理もない話で、秋成自身、頭から信じていいのかどうか迷っている。なんらかの目論見《もくろみ》があってシャティーラに入り込もうとしているのかもしれず、ワシル個人をよく知っているわけでもない秋成には、ワシルが絶対に安全な人間だと保証できなかった。困っているのなら便宜を図ってやりたい気持ちと、ワシルを受け入れたためにシャティーラが不利益を被《こうむ》ることになりはしないか、という憂慮が鬩《せめ》ぎ合い、ワシルの救助を頼むのを躊躇う。

「ワシルは今イスタンブールにいるとのことですから、一刻を争う状況ではないと思います。それより気がかりなのは祖父母のほうなのですが」

ワシルのことはいったん棚上げして、秋成はまだザヴィア国内にいるであろう祖父母の安否を気遣った。

「そうだな。ハミードの許に入った情報によると、クーデターは陸軍主導の下で起きており、首謀者はアレクシス・ユーセフという男らしい。きみはこの人物を知っているか」

「ユーセフ、ユーセフ大佐なのですか。もちろん知っています」

秋成は驚くと同時に、彼ならばこうした大胆な行動にも出るかもしれないと納得する部分があり、情報の信憑性《しんぴょうせい》を疑う理由はなさそうだと感じた。

「陸軍幹部のエリート将校で、たぶん三十八か九になっておられるはずです。私と同じ士官学校出身の先輩になります。歴代の卒業生の中でも格段に優れた成績を残されていて、学生の頃から圧倒的なカリスマ性を発揮していたと聞いています。私自身は面識はありませんが、軍の関係者でユーセフ大佐の名前を知らない人間はいないかと」

「ほう。そんな大層な人間なのか。きみの話を聞いただけでも強い影響力を持ったリーダータイプだと想像されるな。しかもきみと同じ上級士官学校出身というなら、家柄的には現政権から遇されている特権階級か富裕層に属するのだろうに、体制側に反旗を翻すとは気骨と信念のある人物のようだ。一筋縄ではいかなそうだな。クーデター成功の可能性は高いかもしれない」

「おそらく、勝算はあると見越しての蜂起だと思います」

秋成は軍にいた頃よく耳にしたユーセフ大佐に関する噂話《うわさばなし》や評判を頭に浮かべ、あの人ならばきっと、と確信を深めた。

「正義感が強く、知略に長《た》けていて、普段は理性的で冷静沈着な方だそうですが、必要とあらば実力行使も厭《いと》わず、緩急極めた考えの持ち主と聞いています」

「ああ。行動開始から約一時間後には主だった省庁ビルを同時多発的に押さえたそうだ。夜勤中だった職員らを人質に取って交渉を持ちかけ、政府は今緊急閣議を開いたところらしい」

「寝耳に水の事態だったでしょうね」

既得権益の上に胡座《あぐら》をかいた名ばかりの閣僚揃《ぞろ》いであることは否定できず、さぞかし右往左往しているのではないか。治安維持もうまくいっておらず、国民はさぞかし不安な夜を過ごしていることだろう。急襲を受けた政府機関が集まる首都中心部は特に混乱を極めているのではと、心配が募る。

そこに再び着信音が鳴りだした。

今度は秋成のスマートフォンだ。知らない番号からだが、タイミングからしてワシルだろうと察せられ、どうしましょうか、とイズディハールに伺いの眼差しを向ける。

「俺が出よう」

寄越せとイズディハールに腕を差し出され、秋成はスマートフォンを渡す。

「心配しなくていい。悪いようにはしない。仮にもきみの家族だ。俺にとっても外戚ということになる」

「はい。すみません。ありがとうございます」

イズディハールは秋成に向かって一つ大きく頷《うなず》くと、「イズディハールだ」と名乗って電話に出た。秋成にかけたつもりが一国の王子と話すことになり、ワシルはさぞかし驚き、狼狽《うろた》えたことだろう。

「落ち着け。話はエリスから聞いている。クーデターが現実のものになったようだな。こちらでもつい先ほど把握した。そちらの希望は我が国での保護か」

ワシルをシャティーラに迎えるのは本意ではなかったのではないかと思われるが、イズディハールは自ら口にして話を手っ取り早く進めていた。ワシル個人に対する好悪よりも人道を重んじたのだろう。秋成はイズディハールの公平さと温情に感謝した。そして、イズディハールがワシルにしっかりと釘《くぎ》を刺すのを聞いて照れくささも感じた。

「いいだろう。きみを我が国に受け入れよう。ただし、一つ守ってもらいたいことがある。今後はエリスの携帯には連絡してくるな。妻には二度とかかわるなと言ったはずだ。血縁関係上叔父の立場にあるとはいえ、俺の愛妻に勝手に接触するとは許し難い。我が国においては不敬罪に値するぞ。代わりに俺の側近の連絡先を教えておく。今から言う番号をメモしろ」

案外やきもち焼きで、譲れない部分は決して譲らない。日頃は抑えているのであろう我《が》が覗《のぞ》くとき、彼もまた一人の人間なのだと思えて、微笑《ほほえ》ましさと安堵を覚える。生まれたときから皇太子として帝王教育を施されてきたイズディハールは、双子《ふたご》の弟ハミードと比べても己を制することに長けている。それは皇太子の座を降りてからも変わらない。せめて秋成の前では心のままに振る舞ってほしいと思う。

「秋成」

通話を早々に終わらせたイズディハールにスマートフォンを返され、秋成は少しの間考え事をして気を逸《そ》らせていたところから引き戻された。

「朝になったらドハ少尉をトルコに派遣し、ワシルをシャティーラに連れてこさせる」

「ありがとうございます」

イズディハールの迅速な決断に秋成は心から感謝した。

「事態の把握と監視に引き続き当たらせる。国交断絶中とはいえ、いつこちらにも火の粉が飛んでくるか知れないからな。きみとしては祖父母たちが心配だろうが、まずはワシルを保護し、彼から現地の様子を詳しく聞いて、どんな手を打つのが最良か考えるほうがいいと思う。理解してくれるか」

決して何もする気がないわけではない、とイズディハールの誠実な眼差しは訴えており、勇気づけられる。秋成は「はい」と頷いた。イズディハールに気に掛けてもらえるだけでも御の字だ。祖父母とは何年も顔を合わせることはおろか話すらしておらず、二年前の事件を機に絶縁されたも同然の状態になっている。秋成が異国で婚姻したことも知らないはずだ。ワシルが約束どおり何も喋《しゃべ》っていなければ、祖父母は今でも秋成を男だと認識していることになる。よもやイズディハール王子という義理の孫ができているとは想像もしていないだろう。事実を知れば、己の常識を覆されて、いかに気丈で頑迷な人たちでも精神的打撃を受けるかもしれない。

「あなたの冷静な判断と的確なご指示に私はいつも助けられています。今回もそうです」

「なに。きみのためならば俺はなんだってするし、どんな苦労も厭わない」

イズディハールは秋成の背に腕を回し、包み込むように抱き締めてくる。

耳に顔を近づけ、色香が滴る声音で続けられた。

「だから、こういうときは、愛していると一言囁《ささや》けばいい。それで俺は有頂天になる」

「は、はい」

秋成は頰を火照らせ、面映ゆさに睫毛を頼りなく揺らした。

「……私、気が利かないのです。要領が悪くて……不器用で、すみません」

「そういうところも含めてきみが好きだ」

言うなり、イズディハールはあっという間に秋成を横抱きにする形で抱き上げた。見かけ以上に逞《たくま》しい腕で軽々と秋成を抱え、不安のない足取りで奥の寝室へと運んでいく。

「朝までは俺と二人の時間にしてもいいか、奥さま」

艶っぽい誘いの言葉に、下腹部を淫らな痺れが襲い、あえかな声を立てそうになる。

秋成はイズディハールの肩に顔を埋め、了承のしるしに熱っぽい息をそっと洩《も》らした。

＊

午前六時に起床した秋成は、日課となっている朝の入浴をすませ、薄く化粧をして午前の衣《い》裳《しょう》に着替え、階下に向かった。

体を動かすたび、奥に鈍い痛みと、まだ何か穿《うが》たれているような違和感があり、昨晩の交歓を思い出す。イズディハールに全身余すところなく指や唇で触れられ、奥をまさぐって蕩《とろ》かされ、硬く熱い剛直で深々と貫かれた。ずっしりと重く嵩張《かさば》った肉棒を抜き差しされるたびに、目眩《めまい》がするほどの愉悦に見舞われ、恥ずかしい声をたくさん上げて乱れてしまった。前にも後ろにも埋められ、何度達《い》かされたか覚えていない。最後は気を失ったまま寝入ったようで、目覚めたらすでにイズディハールは傍らにおらず、先に一日を始めていた。

家族の団欒の場である居間の隣に朝食をとる食事室があり、朝はブッフェ形式に西欧風の料理が用意されている。大学時代をロサンゼルスで過ごしたイズディハールは、秋成を屋敷に迎える前から様々な国の生活様式を取り入れ、自分流にアレンジした暮らし方をしていて、異邦人の秋成も馴染《なじ》みやすかった。

広い居間を通って食事室に近づくと、開け放たれたままにされた扉の先に十二人掛けのテーブルが見え、イズディハールとハミードが隣り合わせの席に着いてコーヒーを飲んでいるところだった。

二人は何事か真剣な表情で話し込んでいたが、ほぼ同時に秋成に気がつくと、同じように眉間に寄せていた皺を消すという、いかにも双子らしいところを見せた。今朝は揃ってアラブ衣裳に身を包んでいるため、二人をよく知った者でなければ、どっちがどっちか見分けるのに苦労しそうだ。

「おはようございます」

「おはよう、秋成」

すぐさま立ち上がり、テーブルを回って秋成を迎えにきたイズディハールに手を取られ、引き寄せられて軽くキスされる。唇を触れ合わせるだけの挨拶のキスだったが、ハミードの視線を感じて、秋成は僅かながら緊張した。もうハミードにはサニヤという大切な人がいて、彼女のお腹の中には間もなく生まれてくる子供もいる。秋成に対して前ほど複雑な感情は抱いていないと思うのだが、イズディハールと夫婦らしい遣《や》り取りをするところを見られるのはいまだに気まずくて、ハミードの前では憚《はばか》ったほうがいいのではと萎縮してしまう。

「ぐっすり寝ていたから起こさなかった」

「……はい。お気遣いいただいて申し訳ありません」

ハミードの存在を意識して自然と声を抑えがちになる。

イズディハールはそんな秋成の遠慮がちな態度を無用な配慮だと言わんばかりに、今度は先ほどよりも長く、しっかりと唇を塞いできた。双子の兄としてハミードにも深い愛情を掛けているが、譲れないもの、分かち合えないことはある——黒い瞳に揺るぎない意志がくっきりと浮かんでいて、秋成はありがたさと嬉《うれ》しさ、気恥ずかしさに目を伏せた。

「ザヴィアで起きているクーデターについて、ハミードと話していたところだ」

秋成をエスコートして椅子を引いて座らせたあと、イズディハール自身はそのまま秋成の横に座り直した。今度はハミードと向き合う形になる。

隅に控えていた侍従が二人の手元に新しいティーカップを置き、香り高い紅茶を注いでくれる。朝いつも飲むブレンドティーだ。コーヒーを飲んでいたハミードにも、カップを替えて淹《い》れたてがサーブされた。

「すみません。ザヴィアのことでハミード殿下にまで朝早くからご迷惑をおかけして」

恐縮して頭を下げた秋成に、ハミードは軽く肩を竦《すく》め、フイとそっぽを向く。

「ああ。まったく、いい迷惑だ。きみのお人好《ひとよ》しぶりには呆《あき》れを通り越して感心する。国に嵌《は》められたきみを一言も庇《かば》うことなく縁を切った家の次期当主が、厚顔無恥にも助けを求めてきたのを捨て置かず、我が国にて保護してほしいだと？　国交が途絶えている今、我が国にはなんの関係もない事案、対岸の火事のはずだが」

「ごもっともです」

ハミードの弁を秋成は畏《かしこ》まって受け止める。そう言われても仕方がないと秋成自身わきまえており、冷ややかな態度や言葉を向けられても酷《ひど》いとは感じなかった。事が事だけに、一歩間

違うとシャティーラの国益を損なう事態になりかねない。皇太子であるハミードが慎重になるのは当然だった。

「私事にお二方を巻き込んでしまい、申し訳ありません」

秋成が重ねて謝罪すると、ハミードも少し言い過ぎたと思ったのか、厳《いか》めしく引き締めていた顔にちらとバツの悪そうな表情を浮かべた。常日頃から歯に衣着せぬ率直な物言いをするため、しばしば当たりがきついと感じるハミードだが、本心は温かく情に厚いことを秋成は知っている。イズディハールもハミードのそうした人間性をわかっており、またかという感じで、腕組みして静観する構えを見せた。

ハミードは軽く咳《せき》払いをして秋成と目を合わせ、幾分声音を柔らかくして続ける。

「だが、まぁ……助けを求めてきた人間を無下にするほど、きみが故郷を捨て切れていないことは俺も理解している。今朝、ドハ少尉をイスタンブールに派遣した。夕刻にはワシルを連れて戻るだろう。きみのために兄上が超法規的措置を取られたことを忘れるな」

「はい」

秋成は傍らのイズディハールの顔を見て、「ありがとうございます」とあらためて感謝した。

「昨晩約束したとおりだ」

膝に乗せていた秋成の手に、イズディハールが自らの手を重ねてくる。優しく、撫でるようにポンポンと叩かれ、秋成は勇気づけられた心地でイズディハールの手を握り返した。ハミードの手前すぐに離したが、ハミードは見て見ぬ振りをする感じで、何事もなかったかのごとく話を進める。

「相変わらずワシルは保身には長けているようだな。どういう経路で情報を得てクーデターがほぼ確実に起きることを知り、早々に国外に逃げていたのか聞く必要がある。どこかのスパイかもしれないからな。その疑いが晴れないうちは軍務本部のほうで身柄を預からせてもらう」

「当然の処遇だと思います。ワシルも異論は唱えないでしょう。それを承知の上で私に助けを求めてきたはずです」

「冷静だな」

ハミードは目を眇《すが》め、皮肉とも揶揄《やゆ》とも取れる笑みを口元に刷く。

「こういうときのきみは妃殿下ではなく軍人らしさが先に立つ。いい加減過去と決別しろ、と言ったところで、人は簡単に変われるものではないか」

「きみはそのままでいい」

秋成が口を開くより先にイズディハールがきっぱりと言う。

「俺の妻であり、妃殿下であると同時に、きみはきみだ。そもそも俺は、男で軍人だったきみに一目惚《ぼ》れした。すべてを受け入れる、受け止める、と誓って結婚してもらったんだ。俺は約束を違《たが》えない」

「あなたのお気持ちは、重々理解しております」

勿体《もったい》ないと秋成は事あるごとに噛《か》み締めている。両方の性を持ったままでいいと本心から認めてくれていることが肌身に感じられ、ありがたすぎた。

「自らの在り方に関することで無理をするのは精神的にも肉体的にもよくない。俺も兄上同様きみのアイデンティティを尊重する。さっきのは嫌味では決してないから誤解するな」

さらにハミードにも言い添えられる。感謝で胸が詰まりそうだった。

「いえ、誤解など」

ハミードは秋成に対して何かと手厳しく、ときには困惑させられたり、傷つけられたりすることもあるが、知り合った当初からするとずいぶん柔軟な考え方をするようになったと思う。これも来月には父親になることの影響だろうか。

ハミードは昨年の六月、自らの秘書を務めるサニヤ・ビント・マンスールと関係を持ち、彼女を身籠らせたと認めた。

秋成が思ったのと同じことをイズディハールも頭に浮かばせたらしく、イズディハールは話の矛先をそちらに向けた。

「ときに、サニヤの体調はどうなのだ、ハミード」

秋成も気になっていたので、イズディハールがこの件に触れてくれて嬉しかった。秋成からはなんとなく話題にしづらく、妊娠中のサニヤが毎日どのように過ごしているのか、ハミードは今後の二人の関係をどう考えているのか、聞きたいと思っていた。よけいな世話かもしれないが、もし何か秋成に手助けできることがあるなら、迷惑にならない範囲で協力したい。二人が結婚するとなればサニヤは秋成の義妹になる。サニヤとは今のところほとんど会話らしい会話を交わしたことがないのだが、うまく付き合っていけそうな感触は受けている。昨年この館で開いた仮装パーティーのとき三時間ほど一緒にいて、聡明《そうめい》な眼差しと控えめな態度が印象深かった。ハミードも決して遊びでサニヤに手を付けたわけではないと信じたい。もちろん秋成は疑ってはいなかった。ただ、この期に及んで、婚姻の話が進んでいる気配がないことが気掛かりではある。

「赤ん坊は順調に成長しているそうです。悪阻《つわり》がひどくてなかなか治まらず、医療スタッフ常駐のもと小宮殿でずっと過ごしていて、俺でさえ面会を制限されていたのですが、先々週あたりからようやく自由に会えるようになりました」

ハミードの口調は快活とは言い難く、表情にも困惑や戸惑いといったおよそ普段のハミードらしくない弱った感じが窺《うかが》え、秋成は雲行きの怪しさに胸がざわついた。イズディハールも引っ掛かりを覚えた様子で、ツッと眉根を寄せる。

「大変だったのだな」

「ええ。俺の前で見苦しいところは見せたくなかったらしく、傍にいてやれませんでした。その分これからは時間が許す限り一緒に過ごすよう心がけるつもりで」

ハミードの瞳は真摯で誠意に溢《あふ》れている。子供ができたのは予想外だったにしても、ハミードは授かりものを喜んでおり、サニヤに対してもきっちりとけじめをつけ、責任を果たす覚悟でいるようだ。それは間違いなさそうだった。

「ですが、相変わらず婚姻については、その話はもう終わっているの一点張りで、とりつく島もありません。身分が違う、側室ならばともかく皇太子妃など荷が重すぎて責務を負えない、世間も認めるはずがないと頑《かたく》なで、今は話題にすることさえできない状態です。己の不出来さを突きつけられる思いですよ」

最後は少し自嘲気味に引き攣《つ》った笑いを浮かべており、内心傷ついているのが察せられた。

「……俺の気持ちが、まだ充分ではないんでしょうね。彼女にはそれがわかるんですよ。打算や野心などとは縁のない、真面目すぎるくらいの人だから、求めているのは純粋な気持ちだけで、妥協や馴れ合いや、義理とか義務とかが僅かでも感じられると萎縮するようです」

「おまえの気持ちは、本当のところ、どうなのだ」

イズディハールの問いに、ハミードは一瞬秋成に視線を飛ばし、重苦しい溜息《ためいき》を洩らして顔を背けた。力強い筆致で描いたような端整な横顔に、憂いが浮かぶ。本音を探る際どい質問をしたイズディハールも、尻の据わりが悪くなったかのごとく身動ぎし、白い長衣の下で脚を組む。ぎくしゃくした二人の有り様に、自分は席を外したほうがいいのではないかと秋成は気を回し、腰を浮かしかけた。だが、気配を察したらしいハミードに、そのままでいいと牽制《けんせい》するような一瞥《いちべつ》をくれられ、思いとどまる。

「情は、あります。感謝もしている。腹の中の子は俺の種に間違いない。男児であれ女児であれ陛下にとっては初孫です。皆が祝福してくれて誕生を心待ちにしてくれている」

「そうだな。婚姻の儀より先に子供が生まれることに対しても皆寛容だ。俺の知る限り、声高に問題視した発言は聞こえてこない。もっと言えば、たとえサニヤを正妃に迎えないとしても誰もおまえを責めはしないだろう。民間では今はもう複数の妻を持つ風習はほぼ見受けられないが、王室ではよくある話だ。陛下も我々の母君の他に側室を三人お持ちだしな」

「少し前までは俺自身、側室を持つことに抵抗はありませんでしたよ。王室の継承を確かなものにするためにも、子孫は多ければ多いほどいい。正妃にするには様々な条件を満たす必要があるが、側室は比較的自由が許される。好きな人ができたらとりあえず側室にすればいいと考えていた。今はそんな気持ちは完全に失《う》せましたが」

「そうか」

心境に変化が起きるに至った理由については聞かずに、イズディハールは短い相槌を打っただけだった。

「ですからサニヤを側室にとは考えていません。そもそも側室だろうがなんだろうが、サニヤは俺の許に来る気はないようです。彼女はいわゆる一般家庭の子女ですが、昔と違って今は、正妃は有力な豪族の娘でなければならないとか、他国の王女と政略結婚するのが当然と言った風潮は薄れています。サニヤが言うような身分の格差は、実際それほど問題にはならないはずだ。陛下ももちろん反対なさっていない。それでも彼女は一貫して尻込みするのです」

ふっ、とイズディハールは考え深げに眉根を寄せる。

「たとえばの話だが、彼女に他に好きな相手がいる可能性は?」

「なくはないでしょうね」

ハミードは乾いた声で返す。そうであったとしても自分も同じ穴の狢《むじな》で、お互い様だと思っているらしいことが、自分自身を皮肉るように歪《ゆが》められた口元に表れている気がして、秋成はどう捉えればいいのか考えさせられ、胸が痛かった。先ほどまでとは打って変わってハミードは秋成のほうを見ようとせず、そのことがなおさら秋成を不穏な心地にさせる。

「今は話し合いにも応じてくれません。とにかく無事出産をすませたい、話はそれからにしてほしいと言うので、この件を持ち出すのは控えています。陛下にもその旨ご説明して、ご納得いただいております」

「ああ。それがいいだろう。妊娠中は心身に多大な負担がかかっている。その上、重大な決意を要する事案で悩ませ、また体調を崩させることにでもなれば、腹の子にもよくない。まずは元気な赤ん坊を産んでもらうことだ。もう来月の話だからな」

「仰《おつしや》るとおりです」

「子供は楽しみだな」

イズディハールの一言で話に明るさが戻ってきて、傍らで秋成もホッとした。

ハミードの顔にも僅かながら笑みが浮かぶ。

「ええ。とても」

深く頷き、唇を嬉しそうにカーブさせて同意してから、面映ゆそうに睫毛を瞬かせる。

「まだ自分が親になる実感は薄いというか、あまりないんですが。急な展開でしたので」

「焦らなくても徐々に自覚が出てくるものなのではないか。おまえはきっといい父親になると思うぞ。俺も自分のことのように嬉しい。力になれそうなことがあれば、なんでもしよう」

「及ばずながら、私も同じ気持ちです」

秋成が遠慮がちに口を挟むと、しばらくこちらを見なかったハミードがようやく視線を向けてくれた。

「きみにそう言ってもらえるのは心強い。きみと話せば、サニヤも王室に入ることを少しは前向きに考えられるようになるかもしれない」

「シャティーラの方々は寛大です。異国から来た異教徒でも王家の一員として受け入れてくださった。私のような人間にもなんとか務まっているのですから、彼女は大丈夫だと思います」

「きみにはきみにしかできないことがある。俺も説得を続けるが、きみの存在はサニヤにとって大きく、頼れるものに違いない。王室を構成するメンバーとして不可欠だ」

過分な言葉をハミードに掛けられ、秋成は恐縮すると同時に身が引き締まる思いがした。

「生まれてくる子供は男児なのか女児なのかまだ聞いていないのか」

イズディハールが話を戻す。

おそらく国中の皆が知りたがっているであろう問いに、ハミードは「ええ」と揺るぎのない口調で答える。

「サニヤも俺も、生まれるまで聞かずにいようということで合意しました。元気に生まれてきてくれさえすれば、どちらでもいいので」

「確かにな」

「ちなみに、双子でないことはわかっております」

ハミードが冗談めかして笑いながら言う。イズディハールもつられたように笑い、「それは残念だ」と受け流した。

　二人の息の合った遣り取りを目の当たりにするたびに、兄弟のいない秋成は羨ましくなる。二人の間にも確執や溝は多少なりともあるだろうが、基本的に互いを尊重し、大切にし合っているのが伝わってきて、いい関係だなとほっこりする。

「サニヤは万事控えめで、自分自身の今後については望みのようなことはいっさい口にしないのですが、子供に関してはいろいろと考えているようです。それもやっぱり『大切な預かりもの』といった感覚らしく、母親としての権利を主張する気は毛頭なさそうなのですが」

「生まれてくる子供は王室に渡し、自らは身を引くつもりなのではあるまいな？」

「そんな」

　思わず秋成は声を出していた。

　イズディハールとハミードが同時に秋成を見る。

「むろん、俺はサニヤをそんなふうに遇しはしない」

　ハミードがきっぱりと断言する。

　そうだろう。ハミードならば必ずサニヤを大切にするに違いない。ハミードを見ていると、サニヤを尊び、深く感謝し、報いたがっていることが伝わってくる。本人の言うとおり、熱烈な恋愛感情で結ばれているわけではないかもしれないが、子供というかすがいを得て、彼女と穏やかで落ち着いた家庭を築く意を固めているのが感じられた。

「おまえの気持ちはきっと彼女に通じる」

イズディハールの言葉に秋成も頷く。

「俺もこれまで以上に努力するつもりです。励ましていただいて心強いです」

ハミードは硬かった顔つきを心持ち和らげると、この話はここまで、と言うように両手のひらでテーブルを叩くようなしぐさをし、再び表情を引き締めた。

「とりあえず今はザヴィアのクーデターに関する情報収集と警戒に尽力します。予定どおりに事が運べば、ワシルを迎えにいったドハ少尉は三時には軍務本部に戻ってくる手筈《てはず》です。俺はこれから王宮で陛下とお会いし、諸々ご報告とご相談をせねばなりません」

「王宮には俺も同行しよう。秋成、きみは我々の帰りを待っていてくれ。軍務本部で一通り取り調べを行ったのち、ワシルをここに連れてくる許可を得る。怪しい点が見つからなければ、夕刻には彼と顔を合わせて話ができるだろう」

「わかりました。お帰りをお待ちしております。お気をつけて」

秋成はイズディハールに従って席を立ち、抱擁とキスを交わした。

「見送りは必要ない。きみは朝食をしっかりとりなさい。いろいろ気に病みすぎるなよ」

軽いキスのあとイズディハールに頬を指で撫でられ、額と額をくっつけ合わされる。

ドアの手前でイズディハールを待つハミードの視線を感じて照れくさかったが、今朝はなんとなくイズディハールと離れがたい気持ちがあって、秋成はされるままになった。

「じゃあな。行ってくる」

あまりハミードを待たせては悪いと思ったのか、イズディハールは程なくして秋成を離し、ハミードと共に食事室を出ていった。

並んで歩き去る二人の後ろ姿は見分けがつかないほどそっくりで、右がイズディハールだと承知していても、瞬きすると自信がなくなるほどだった。向き合えば双子でも性格は違うし、それがふとしたときの表情やしぐさ、醸し出す雰囲気に表れるので取り違えることはないが、民族衣装を纏《まと》った後ろ姿だけ見ると同じ人間が二人いるようだ。どちらか一方を選べたのはまさに運命の采配があったからこそだと考えずにはいられない。

ザヴィアは今どんな状態なのか気になるが、インターネットで拾える情報はまだ充分ではなく、混乱や錯綜《さくそう》もあって真偽のほども定かでないものが交ざっているようなので、見るのは控えることにした。

バゲットにハムとチーズを挟んだサンドイッチ、フルーツ入りのヨーグルト、ミルクティーを朝食にいただき、午後のお茶の時間まで暖かな室内で編み物と読書をして過ごした。

編み物は最近になって始めたもので、手始めにマフラーを編んでいる。なんとなくそれらしいものに仕上がりつつあって完成が楽しみだ。読書も時間が許す限り続けている。よほど公務が立て続けに入っている日以外は、本を一度も開かずに終わることはない。今読んでいるのは、ナイジェリア出身の女流文学者が著した小説だ。深くて、様々なことを考えさせられる。一気に読んでしまうのが勿体なく思え、あえて少しずつ読み進めているのだった。

区切りのいいところで編み物をやめ、読書に切り替えて数ページ捲《めく》ったとき、それまでかろうじて曇天を保っていた空からパラパラと雨粒が落ちてきだした。

「……雨」

予報では今日一日は降らないと言っていたが、外れたようだ。

だからといって悪い予兆だと感じる謂《い》われはないのだが、わけもなく不穏な心地に駆られたのは否めない。

どうか最善の形で物事が収まりますように、と祈る心地で、秋成は読みかけの文章に視線を戻した。

＊

イズディハールがワシルを連れて帰宅したのは、当初の予想より遅い午後八時過ぎだった。

ドハ少尉と無事逗留《とうりゅう》先《さき》のホテルで落ち合い、予定していた便でイスタンブールを発《た》ってシャティーラに入国した旨の連絡は事前に受けており、あとは軍務本部での取り調べと手続きが終わり次第だと聞いていたので、特に心配はしていなかった。

遅くなった原因はクーデター絡みの事実確認に手間取ったからではなく、ワシルが欧州の大麻シンジケートの幹部と交流があったことに対する取り調べに時間がかかったせいらしい。ワシルは、去年の三月にロクブリュヌでその裏社会の大物と一緒にいるところをハミードに見られ、手を切らねば養子入り先のローウェル家にバラすと脅されて震え上がり、以降は大麻はやっていないと主張したそうだ。シンジケートとも縁を切ったと言う。クーデター勃発の可能性をいち早く知り得た情報源は別口で、それに関しても隠さず話したようだ。

シャティーラでは、阿片《あへん》や大麻を含む麻薬の取り引き、携行に厳罰が下される。万一ワシルが今も大麻となんらかの関わりを持っているなら、即刻逮捕収監されるところだった。ワシルは真っ青になって全面的に否定し、シンジケートについて知っていることを洗い浚《ざら》い白状した。その裏付けを取るのに時間を要したが、幸い本人の弁が嘘《うそ》ではないと証明され、遅ればせながら解放されたとのことだ。

「まったく！　着いて早々えらい目に遭わされたもんだぜ」

秋成と顔を合わせるやいなやワシルは挨拶もなしに忌々しげに毒づいた。この分では、わざわざ迎えにいってくれたドハ少尉にもさぞかし不躾で高飛車な態度を取ったのではないかと、秋成は申し訳なさに身の縮む思いだった。さすがにイズディハールの前では言葉を慎んでいたが、イズディハールが侍従長と女官長に今後のことを話しに行くやいなや、ブツブツと文句を並べ立てだした。逗留先のホテルがろくでもない安宿で昨晩は全然眠れなかった、食欲も湧かず、シャティーラ行きのエアでもエコノミーの狭いシートに座らされて脚が伸ばせず辛《つら》かった等々、不満を一気に噴出させる。

「俺は疲れているんだ。さっさと部屋に案内してくれ。向こうの情勢が落ち着くまでは世話になるからな。よろしく頼むぜ、エリス……いや、妃殿下」

最後だけ媚《こ》びるように声のトーンを和らげ、わざわざ言い直す。

助けてくれと懇願するメールを送ってきたときのしおらしさは微塵《みじん》も感じられず、おおよそわかってはいたが、秋成はイズディハールやハミードの誠意を踏みにじられたような悲しさを覚えた。自分だけならばどれほど軽んじられてもかまわないが、他人を巻き込んでなおこうした恩知らずな振る舞いをされるのは、いちおう身内の人間として恥ずかしい。三歳年下の叔父に毅然《きぜん》とした態度を見せなければ、先々イズディハールに不快な思いをさせそうで、秋成はワシルの身勝手な言動を看過するのはやめることにした。

「ここにいる限りあなたの身の安全は保障します。ただし、勝手な行動は慎んでください。あなたを信じて私はドハ少尉を派遣していただきました。私の顔に泥を塗るようなまねをされては困ります。万一この国の法に触れる行為があれば擁護できません」

ピシャリと言うと、それまで居丈高にしていたワシルの顔にサッと怒気が浮かび、頭に血が上ったかのごとく顔面が赤黒さを帯びた。しかし、ここで秋成に食って掛かるのは得策ではないと思い直したのか、風船が萎《しぼ》むように憤懣《ふんまん》を静め、へへっと卑屈な笑みを見せる。もしかすると、非常識なまでの尊大さは精一杯の鎧《よろい》であり、虚勢を張っているだけで、本音はいつ裏切られるかわからないと怯《おび》え、不安でたまらないのかもしれない。そんなふうにも思えてきた。安穏と暮らしていたところに、ある日突然クーデターが起き、標的にされる立場になったとなれば、取り乱しもするだろう。ワシルに同情する余地は、なくはなかった。

「もちろんわかっている……承知しておりますよ、妃殿下」

ワシルは両腕を広げて疚《やま》しさなどないと示す。従順だというアピールでもあるようだ。秋成も現時点でワシルを疑っているわけではないので、硬くなっていた表情を少し緩める。

「部屋は用意してあります。ですが、その前に一つだけ聞かせてください」

「なんだよ。俺はもうさんざん……」

またかとうんざりした顔をするワシルに、秋成は譲れない気持ちで言葉を継いだ。

「お祖父《じい》様とお祖母《ばあ》様のことです。お二方はどうされているのですか。今もまだ屋敷に残っておいでなのですか」

「ああ、おそらくな」

ワシルは投げ遣りに返事をする。心のどこかに、彼らを置いて自分だけ逃げたという気まずさがあるらしく、この話題は避けたがっている様子だった。

それでも秋成が先を促す空気を作ると、渋々といった体で続ける。

「誤解されるのは不本意だからはっきりさせておくが、俺は二人にも一緒に国外に避難しようと声をかけたんだ。だけど、祖父《じい》さん祖母《ばあ》さんは頑固で、屋敷から梃子《てこ》でも出ない感じだった。グズグズしていたら俺までクーデターに巻き込まれかねず、仕方なくあの場は諦めた。直孫のおまえがシャティーラに来てくれと頼めば、俺が口を酸っぱくして危険を訴えるよりは効果があるんじゃないかと思ってのことだ」

後半は話しながら考えた即興の弁明に聞こえたが、秋成は頓着しなかった。それより他に聞きたいことがあった。

「お祖父様たちには私のことをどこまで話しているのですか」

「俺は何も言っていない。本当だ。おまえには悪いが、はっきり言ってローウェル家でもザヴィア国内でもおまえの話題は御法度《ごはっと》という雰囲気になっている。ロクブリュヌで偶然会ったことも話してないし、ましてや、おまえが実は特殊な事情を抱えた体で、女としてシャティーラで王子と結婚したなど、話が大きすぎて口が裂けても言えたもんじゃない」

「では、ザヴィアでは私はまだ反逆者扱いをされている元近衛部隊所属の軍人で、男だと認識されているわけですね」

「そうだよ」

　ワシルは秋成に真っ向から見据えられても動じず、はっきり請け合った。嘘をついているとは思えない。

「国交が途絶えてしばらくして、皇太子が結婚と同時に弟に身分を譲った話はちらと聞こえてきたが、まさかそれがおまえのことだとは誰も思わなかったろうよ。王位継承権を捨てた殿下の結婚自体、国際的な扱いは控えめだったようだし、ザヴィアでは完全無視だった。そもそもこの国では女は表に立たない風潮がまだ根強いみたいだから、妃殿下の写真が公開されることもまずないからな」

　その風潮は秋成が王室に入ってからは徐々に変わりつつあるものの、ワシルの言うとおりまだまだ女子供は表に出さないことのほうが多い。逆に、それだから秋成もイズディハールの求婚を受け入れる決意ができた。常にカメラの前に立たされ、公私の区別なく撮影された写真をインターネット等に流されるとわかっていたら、絶対に無理だと固辞しただろう。シャティーラでは女子供を隠すことで保護している。そういう文化の国なのだ。

「私はお祖父様たちに疎んじられています。二年前の事件ではっきりと絶縁状態になりましたが、十二歳の時に引き取っていただいたときから、それは感じていました。お二人は私がお嫌いなのだと。果たして私の言うことに耳をお貸しくださるかどうか」

「まぁ、な。だが仕方がないだろう。おまえの父親は、社交界の花だったおば様を攫《さら》って日本でいらぬ苦労をかけ、病死させた仇《かたき》なんだからな。孫のおまえに対する感情もそりゃあ複雑だろうともさ」

秋成の心境を思いやろうともせずにワシルは無遠慮な言い方をする。わかってはいても、あらためて口にされると少なからず傷ついたが、今はそれにかまけている場合ではないと気を取り直す。

「クーデター勃発後、ローウェル家の本邸は占拠され、反政府側の前線本部になっているとの情報もあるそうですが」

「そ、そうなのか？」

嘘か本当かワシルは初めて聞いたような顔をする。ぎくしゃくとした物言いと態度から、実際には前から知っていたのではないかと推察され、秋成はワシルを厳しく追及した。

「ごまかしは結構です。占拠が事実なら一刻の猶予もありません。あなたの身には危険が及ばないようにするので、知っていることを洗い浚い話してください！」

感情を露《あら》わにして迫る秋成に気圧《けお》されたのか、ワシルはヒッと身を竦め、半ば自棄《やけ》を起こしたように早口で喋りだした。

驚いたことにワシルの情報源はクーデター内部にいる人物で、ワシルが弱みを握って便宜を図らせていたらしい。クーデター勃発をいち早く知らせるのと引き替えに、今後いっさい接触しないと約束させられた、とワシルは白状した。その人物によると、クーデターを実行に移すと同時にローウェル家を押さえ、当主夫妻を人質にして政府側との取り引きを有利に進める考えは、要となる作戦の一つとして重要な位置付けがされていたと言う。

或《ある》いはわざと祖父母を置いてきたのではないかという疑惑も出てきたが、この期に及んでそのあたりの真偽を追及しても仕方がない。事実がどうであれ、祖父母が頑固に家から離れようとしなかったであろうことには変わりなく、結果は同じだったと思われる。

「とにかく、俺がどう言おうと説得は無理だったんだ。祖父さん祖母さんはおまえを袖にして遠戚の俺を跡継ぎに据えたが、本当は後悔していたみたいだしな。互いに意地を見せ合うようにおまえを蔑《ないがし》ろにしていたけど、実のところ、成績優秀で娘そっくりの美貌を受け継いだおまえを本心では受け入れたがっていたみたいだぜ。二人共な」

「……え？」

秋成は虚を衝《つ》かれ、目を瞠る。

ワシルの言うとおりなら嬉しいが、実際はそんな単純にうまくいく関係性ではないだろう。これまでのことをすべて水に流して急に和解できる、理解し合えると期待するのは、いささか虫がよすぎる気がする。ただ一つ、可能性がゼロではないと思えたことで、秋成は勇気を得た心地になれた。

「わかりました。お疲れのところ引き止めてすみません。すぐに部屋に案内します。晩餐《ばんさん》は部屋でおとりいただくことも可能ですが、どうなさいますか」

「盛装してテーブルに着く気分じゃない。悪いが」

「いえ。お気遣いなく。では後ほど部屋に運ばせます」

「エリス」

侍従に案内を任せて立ち去りかけた秋成を、ワシルが呼び止める。

イズディハールの許へ行こうとしていた秋成が振り返ると、ワシルはバツの悪そうな顰《しか》めっ面をして、ぎこちなく礼を言ってきた。

「あのな、その、いろいろすまなかったな。おまえのおかげで助かった。ありがとうな」

言いながら顔を赤らめたワシルに、秋成は情の籠もった眼差しを注いだ。

「どういたしまして」

秋成は秋成にできることをしただけだ。

自分に、できること——。

秋成はキュッと下唇を噛みしめ、意を固めた。

2

ザヴィアの首都にある二つの国際空港は、クーデター勃発と同時に反政府側によって制圧され、半日後には閉鎖状態になっていた。今ザヴィアに入国するには鉄道かバスのどちらかしか手段がなく、当然ながら駅とターミナルの検問所では厳戒態勢が敷かれている。

そんな中、秋成《あきなり》は隣国ルーマニアの首都ブカレストにいったん空路で入り、およそ十時間かけてザヴィアの首都ネルバまで夜行列車に揺られてきた。ザヴィアは近隣諸国間でビザなしの行き来を認める協定にも加わっておらず、列車は明け方近くにネルバの十数キロ手前に設けられた検問所でかれこれ四、五十分停《と》まっていた。

パスポートは、午後十一時の消灯の際に車掌がコンパートメントに来て預かっていった。纏《まと》めて検問所に提出してくれるので、旅客は降りなくていい。まだベッドで布団を被《かぶ》って寝ている者も少なくないだろう。

さらに十分経《た》ったが列車はまだ運転を再開しない。

さすがに時間がかかりすぎている気がして、不穏な予感に心臓がバクバクと鼓動を速める。

落ち着け、と己に言い聞かせたとき、コンパートメントのドアをノックする音がした。

「越境警備隊だ。開けろ」

隣室で寝ている乗客まで飛び起きそうな勢いでドンドンドンと荒々しく叩《たた》く。

「秋成・エリス・K・ローウェル、そこにいるのはこの名の者に間違いないか」

威嚇する口調で確認されて、秋成はスッと大きく息を吸い込み、どうにか動悸《どうき》を静めた。

こうなるであろうことは予測していたので、そこまで狼狽《うろた》えたり怯《おび》えたりはしなかったものの、目算どおりにこの後うまく事が運ぶだろうかという不安は強く、平常心を保つのは容易ではなかった。

「お待ちください。今開けます」

秋成は精一杯落ち着いた声で応え、内鍵を外してドアを開いた。

二段ベッドが据えられた狭いコンパートメントが並ぶ二等寝台車の通路に、迷彩服姿の男二人が立ちはだかっている。猟犬のように鋭い目つきをした体格のいい男たちで、ライフルを携行している。いかにも実戦慣れした感があり、少しでも抵抗する素振りを見せれば躊躇《ちゅうちょ》なく撃たれそうだ。二人の背後で車掌が怯えた顔をして身を縮めている。

「おまえが元近衛《このえ》部隊所属の……あのローウェル大尉か」

越境警備隊と名乗った兵士たちは、秋成を見て一瞬気圧《けお》されでもしたかのごとく息を呑《の》み、ちらりと互いに相手の顔に視線をやって何事か確認し合う素振りをする。

「いつでも下車できそうな完璧な身支度ぶりだな」

背の高いほうの男が、疑り深そうな眼差《まなざ》しで秋成の全身をジロジロ見ながら皮肉めかす。よからぬことを企んでいるのではないかと言いたげだ。

「揺れが止まったので、起きて降りる準備をしていました。検問所のある駅を出発したら、目的地にはもうまもなく着くと思っていましたので」

秋成は穏やかな口調で丁寧に答えた。これからどこへ連行されようと抵抗せずに従う覚悟はできている。元より、ザヴィア国内に入れば拘束されるであろうことは織り込みずみだ。パスポートは三年前に取得していた五年間有効の本物で、シャティーラからルーマニアに空路で入国するときはまったく問題なかった。

「到着まで中で我々も同席させてもらう」

もう一人の、頬骨のあたりに痣《あざ》のある兵士が車掌を振り返り、行け、と顎をしゃくる。

車掌は慌てて先頭車両方向に走っていった。

大柄な男たちが、秋成をコンパートメントの奥に追い詰めながら入ってくる。ただでさえ狭い空間が窮屈さを増し、圧を覚えるほどだ。取調室に閉じ込められた心地になる。

「そこに座れ」

命令されたとおり二段ベッドの下段に腰を下ろすと、目の前に二人が壁のように立ち塞がった。迷彩服越しにも筋肉隆々としているのがわかる太い腕を胸の前で組み、脚を肩幅に開いた姿勢で、列車が動きだしてもビクともしない。顔はこちらに向けてはいるが、質問等にはいっさい答えないつもりらしく口は一文字に引き結ばれている。逆にこの場で秋成を尋問する役目を負ってもいないようだ。二人の任務は秋成をどこかへ連行することだけらしい。

二人の兵士が着ている迷彩服はザヴィア陸軍のものだ。越境警備は陸軍の管轄下にある。現状を鑑《かんが》みれば、連れていかれる先はクーデターを起こした側だろう。今のところはほぼ予想どおりに進んでいる。シャティーラを発《た》つ前、ドハ少尉と綿密に練った行動計画から大きく逸《そ》れずに、反乱勢力の懐に飛び込むことに成功したとみてよさそうだ。

列車は遅れを取り戻すかのような速度で終着駅を目指している。コンパートメント内にはピリピリとした空気が張り詰め、胃が痛くなりそうなほどの緊迫感に包まれる。列車の揺れもひどく、座っていてもバランスを崩しそうになるが、秋成が身動《みじろ》ぎもせずに背筋を伸ばしたままの姿勢を保っていると、背の高いほうの兵士の目つきが心持ち和らいだ気がした。元軍人とはいえ、吹けば飛びそうに細い秋成が、上体を微動だにさせずに座り続けていることに、意外さを感じたらしい。昔から外見だけで軟弱そうだと侮られたり、嫌味を言われたりはしょっちゅうしていた。非力で役立たずだと罵られるのが嫌で、その分射撃や体術、近衛兵に不可欠な乗馬の訓練に懸命に取り組んだものだ。そうして得た能力を認めてくれているからこそ、今回の無茶な秋成の望みを、イズディハールは聞いてくれたのだ。とんでもないと反対するハミードを宥《なだ》め、ドハ少尉が護衛に付くことを条件にした上で、イズディハールは秋成のザヴィア行きを許可してくれた。

秋成の目的は、祖父母の様子を確かめ、説得して国外に連れ出すことだ。

ローウェル家所有の大邸宅が乗っ取られ、反乱勢力の本拠地として用いられているというのは事実だった。シャティーラ軍諜報部《ちょうほうぶ》による情報収集で、当主のローウェル夫妻は館の一室に軟禁されているらしいとわかった。夫妻が囚《とら》われているため政府軍はおいそれと手を出せず、反乱勢力側は館を拠点にして活動を続けて政府機関を次々と制圧していっているようだ。反乱勢力の主要メンバーは、首謀者のアレクシス・ユーセフ大佐をはじめとする陸軍の優秀な若手軍人たちだと判明している。優秀だが上層部に引き立てられるだけのコネクションを持たず、家柄や賄賂《わいろ》で易々《やすやす》と高い地位に就く無能な上司に顎で使われてきた者たちだ。秋成も、事情は違うが、やはりイジメを受けていた側なので、彼らが蜂起したくなった気持ちは理解できる。とはいえ、民間人である祖父母を巻き込み、利用するのは卑劣だと思う。

「私に考えがあります。どうか私を祖父母の許《もと》へ行かせてくださいませんか」

このまま何もせずに安全な場所から気を揉《も》むだけというのは性に合わない。馬鹿を言うなと叱られるのを覚悟でイズディハールに頼んでみた。どう訴えれば許可してもらえるだろうかと、あれこれ考えを巡らせていた。

イズディハールは特に驚いたふうもなく、思慮深い眼差しを秋成に向けてきた。

「きみはきっとそう言うと思っていた」

何もかも承知した顔で穏やかに返され、秋成のほうが意表を衝《つ》かれてしまった。きっと反対されるだろう、どのように説得すればいいのかとばかり考え、頭を悩ませていたため、予期せぬ反応に咄嗟《とっさ》についていけなかった。

イズディハールは苦味を含んだ笑みを口元に刷《は》かせ、目に揶揄《やゆ》を浮かべた。

「むろん、本音はきみを危険な場所に行かせたくない。だが、俺はきみが高等な軍事教育を受けたいっぱしの軍人だということを知っている。誰よりきみの実力を認めているし、きみの可能性に賭けられる。そう自負しているんだ」

「……イズディハール」

秋成は目を瞠《みは》り、過分な言葉をもらった面映ゆさともったいなさ、そしてもちろん嬉《うれ》しさもあって、みるみる頬を上気させた。

「守られるばかりがきみの本質ではない。俺が惚《ほ》れて、愛して、何があっても添い遂げたいと望み、求めた人は、ドレスを着ておとなしく俺の後ろで微笑《ほほえ》んでいるだけが魅力の人間ではない。俺はきみをそう理解している」

　イズディハールの言葉は真摯で熱っぽく、秋成の心に尊く響いた。

「考えがある、と言ったな。ザヴィアに戻ればきみは反逆者扱いされるかもしれないが、それも覚悟の上か」

「はい」

　秋成の目を真っ直《ます》ぐにひたと見据えるイズディハールの瞳には、秋成に対する信頼と自らの決意が確かに感じられた。

「拘束されてきみ自身が捕虜になる可能性もあるぞ」

「承知しています」

　秋成は微塵《みじん》も動揺せずに落ち着き払って答えた。

　イズディハールが得心したように薄く微笑む。

「いいだろう。きみの本気を見せてもらおう。ただし、一つ条件がある。ドハ少尉を護衛として同行させることだ。彼は潜入活動にも慣れている。きみとはこれまでにも何度か行動を共にしているから、お互いやりやすいのではないか。相性は悪くないと思うが、どうだ」

「願ってもないお計らいです」

　ドハ少尉は元々ハミードが片腕にしていた部下だ。彼の能力の高さはイズディハールも認めており、外遊時には秋成の警護に就いてくれたこともある。秋成にとっても最も気を許して接している人物で、彼が一緒に来てくれるなら百人力を得た心地だ。

「よし。では、あとはハミードだな。あれの説得が一番の難関だ」

「……はい」

「まぁ心配するな。俺がついている。ハミードも最終的には折れるだろう」

イズディハールの言ったとおりだった。最初のうちは「信じられない」「何を考えているんだ」「馬鹿か」と悪口雑言を交えて突っぱね、とりつく島もなかったハミードだが、秋成が計画を詳《つまび》らかにし、イズディハールが秋成ならば大丈夫だと太鼓判を押し、かつ、いざとなったら全力でサポートするからと擁護したことで、最後は不承不承ながらに「好きにしろ」と許してくれた。

ドハ少尉には偽造パスポートで秋成とは別のルートからザヴィアに潜入してもらい、現地に着いてから連絡を取り合うことになっている。入国するまで別行動を取るのも計画のうちだ。秋成は身柄を拘束される恐れがあるので、一緒にいてはドハ少尉まで連行されかねない。その点に関しても、ハミードは無鉄砲だと悪態をつきながら、仕方なさそうに協力を約束した。

クーデターで首都圏一帯が混乱する中、反政府勢力はクーデター開始直後に政府の主だった機関、要所を押さえている。入国審査で弾《はじ》かれた秋成が連行される先は反乱勢力側である可能性が高い。秋成はそう踏んでいた。

五分後に終点に着くと車内アナウンスが流れ、列車は徐々にスピードを緩め始めた。予定より三十分近く遅れて列車はホームに入線する。

秋成はコンパートメント内で見張りに監視されたまましばらく待たされた。

やがて、新たに二人の男がやってきて、四人に囲まれる形で下車する。スーツケースは下士官の軍服を着た赤毛の男が手に持ち、秋成は手ぶらで歩かされる。

国際列車が到着したのは首都ネルバの中心部にある中央駅だ。ドーム型の高い天井と金箔《きんぱく》をふんだんに用いた豪奢《ごうしゃ》な装飾が特徴の駅舎を出ると、広々としたロータリーの一角にワゴン車が待機しており、それに乗せられた。

どこへ連れていかれるのかなど質問しても誰も答えなそうだったので、無駄口は叩かずに、黙ったまま車の揺れに身を任せた。

外はまだ夜明け前で暗く、広々としたメインストリートも閑散としている。車内は暖房が利いて快適だが、先ほど少し外気に晒《さら》されて車まで歩いたとき、コートを着ていても寒さが沁《し》みてきて、山脈より北に位置する首都ネルバの冬は厳しかったのだったと思い出す。すでに異邦人の感覚が芽生えていることを秋成は思い知らされた心地だった。

中央駅周辺は秋成が知っていた頃のままで、途中から行き先の予感は確信に変わった。この道を右折した先に、祖父母の住むローウェル邸がある。

帰ってきた、という感情がこのときようやく微《かす》かに湧いて、秋成は我ながら意外だった。

いい思い出はまったくない。ずっと寄宿舎に入っていたので数えるほどしか帰省しなかったが、駅から迎えの車に乗って、まさに今走ってきた順路で帰っていたのは覚えている。館が近づくにつれてキリキリと胃が痛んだものだ。祖父母の館は秋成にとって針の筵《むしろ》で、肩身が狭く辛《つら》かった記憶ばかりが甦《よみがえ》る。貴族や富豪の子弟ばかりの中高一貫校でも陰湿なイジメを受けていたが、それでもまだ祖父母の許にいるよりは気が楽だった。

祖父母は秋成をまるでいないかのごとく無視する。挨拶にも応えてもらえず、目が合っても無表情だ。皆で囲まなければならない晩餐《ばんさん》のテーブルは針が落ちる音さえ聞こえそうなほどシンとしていて居心地が悪く、喉が詰まって上手《うま》く食べることができず、それでも完食しなければ許されない圧を感じて無理をした。今思い返しても地獄のようだった。同じ屋根の下にいても祖父母とまともに話をしたことはなく、秋成はずっと自室に閉じ籠もっていた。高校を出たら上級士官学校に進むというのも、弁護士を通じて祖父母に話してもらい、許可を得た。士官学校を出れば自動的に軍人になれる。それも幹部候補生として。軍人になれば衣食住は国に保障される。一人で生きていくには、それが最も現実的な選択だった。無事卒業するためには、体を鍛え、技術を磨き、座学を極める必要があったが、それは少しも苦ではなかった。努力すればしただけ結果が付いてきたので、やり甲斐《がい》があって楽しかったくらいだ。

今となっては懐かしい。

ザヴィアを離れて二年あまりにしかならないが、感覚的には五、六年は経っている気がする。そのせいか、辛かった記憶もどこかぼやけて感じられ、昔ほどには突き刺さってこない。二年の間に秋成自身の立場が変わり、ここことは別に拠《よりどころ》ができたからだろうか。気持ちに余裕が生まれているのは確かなようだ。

乗車したまま巨大な門扉を潜《くぐ》り抜け、前庭を通って館の正面玄関に着く。

門の傍《そば》の警備室には迷彩服を着た兵士が二名詰めており、物々しい雰囲気だった。庭園を含め建物自体はどこも壊されていないが、駐車スペースには軍用ジープや、上級士官用と思《おぼ》しき車が駐《と》めてあり、明らかに平時とは様子が違う。三階建ての広大な館の一階二階部分は窓から明かりが洩《も》れている部屋が多い。七時半頃の日の出までまだ一時間近くあるが、二十四時間態勢で活動しているのだろう。今ここで采配を振るっているのは当主たる祖父ではなく、反乱組織の代表者なのだ。そのことをあらためて肝に銘じ、秋成は下腹にグッと力を入れた。

「こっちだ」

一歩邸内に足を踏み入れると、そこはもう秋成の知っている屋敷ではなかった。

至る所に機関銃を携行した兵がいる。本当に前線基地のようだ。豪奢な家具は除けられ、バリケードを築くかのごとく積み上げられている。代わりに折り畳み式の簡素な長机とパイプ椅子が並べられ、コンピュータや通信傍受機器などが所狭しと置かれている。元は客間として使っていた部屋で、敷き詰められたままの重厚な絨毯《じゅうたん》があまりにもちぐはぐだった。

それでも大階段を上がって二階に行くと、一階ほどは様変わりしておらず、秋成が覚えている限り昔のままで、ちょっとホッとした。先祖代々受け継いできた由緒ある館を反乱組織に奪われ、勝手に使われるのは、祖父母にしてみれば耐えがたい屈辱だろう。ワシルが一緒に国外に避難しましょうと言ったところで、おいそれとこの館を明け渡して逃げるはずがない。館と心中してもいいくらいの気概と、当主としての意地や誇り、義務感があるのだ。祖父母はそういう人たちだ。

秋成を二階に連れて上がった赤毛の下士官は、奇遇にも昔秋成が帰省した際に使っていた部屋の前に立ち、扉をノックした。

「大佐殿、ローウェル元大尉を連行しましたっ」

直立不動で声を張り、報告する。

いきなりクーデターの首謀者ユーセフ大佐の許に引き出されるとは思ってもみず、秋成は心臓を跳ねさせた。にわかに緊張が襲ってくる。まだ心の準備ができていない。だが、こうなった以上、弱気は禁物だ。隙を見せれば付け入られる。そのくらいの危機感を持って対峙《たいじ》する構えをとった。

両開きの扉が片方内側から開かれ、見慣れたロイヤルブルーの絨毯と、落ち着いた空色の壁紙が覗《のぞ》けた。扉を開けた護衛官に促されて中に進む。

「ご苦労さま。軍曹は行ってよし」

「はっ。元大尉のスーツケースはいかがしますか」

「そのままでいい。必要があればあらためて指示する」

「畏《かしこ》まりましたっ」

赤毛の軍曹が敬礼して去ったあと、元々は祖父の書斎に据えてあったはずの幅広の執務机に着いたユーセフ大佐は、秋成と顔を見合わせて悠然と微笑んだ。

「お初にお目にかかる。アレクシス・ユーセフだ。あなたがあの秋成・エリス・K・ローウェルか。なるほど。噂《うわさ》に聞いていたとおり……いや、それ以上だな」

執務机に両肘を突き、組んだ手の甲に軽く顎を乗せたユーセフ大佐は、秋成の全身にゆっくりと視線を動かすと、興味深げに目を細めた。

秋成のほうも、この人がユーセフ大佐かと、不躾《ぶしつけ》なくらい注視してしまった。

ふむ、と大佐は端整な面立ちを満足げに和らげると、扉の脇に休めの姿勢で立っている護衛官に「きみもちょっと外してくれ」と声をかけた。護衛官は畏まって退出する。

部屋に大佐と二人になって秋成はある意味楽になったのと同時に、大佐の思惑を推し量ろうとさらに気を引き締めた。

大佐はスッと椅子を引いて起《た》ち上がり、以前からこの部屋に置かれていた布張りのソファセットに移動する。

「立ち話もなんだ。あなたも夜行列車で着いたばかりで疲れているだろう」

座りたまえ、と優雅なしぐさで向かいの長椅子を示され、秋成は素直に腰を下ろした。

大佐はカーキ色の戦闘服を身につけている。金髪碧眼《へきがん》はザヴィアでは珍しく、在学中に学年首席を保持し続けた伝説と相俟《あいま》って、噂話に疎い秋成の耳にも大佐の名前は聞こえていた。十歳以上年上の先輩だが、全寮制の中高一貫校から上級士官学校に至るまで同じ道を歩んできたため、親近感のようなものを勝手に感じてもいる。大佐もまた旧貴族家出身で、境遇にも似たところがあり、機会があればお目にかかってみたいと以前から思っていた。とはいえ、卒業後秋成は近衛部隊に配属されたので、陸軍で当時中佐だった彼とは縁がないままだった。それがこのような形で相見《あいまみ》えることになろうとは、先々はどうなるかわからないものだ。

多くの上官たちとは違って、ユーセフ大佐の言動には少しも威圧的なところがなかった。穏やかに、耳に心地のいい柔らかな声音で話し、立ち居振る舞いは洗練されていてスマートだ。無言の圧力で恫喝《どうかつ》されるわけでもない。にもかかわらず、圧倒的な大物感、敵に回したら恐ろしそうだと思わせる雰囲気が全身から滲《にじ》み出ていて、只者《ただもの》でない感じが強くする。

今はこうして礼儀正しく遇されているが、大佐の腹の内が見えてくるまでは今後どんな扱いが待っているか知れず、秋成は慎重に相手の出方を見極める必要があった。

「越境警備隊からの報告によれば、あなたはブカレストからネルバ中央駅行きの国際列車に乗車してザヴィアに入国しようとしたそうだが、なぜこのタイミングで戻ってきたのか。それまでどこでどうしていたのか、聞かなくてはならない。あともう一つ。これは単独行動だったのかどうかも」

世間話でも始めるような口調だったが、尋問であることは間違いなかった。

秋成はできる限り正直に答えるようにした。隠さなければいけないのは、今の自分はシャティーラ王室と縁のある身だということだけだ。あくまでも一個人として動いていることにしなければ、内政干渉と見なされて国際問題にも発展しかねない。

「二年前のことがあってから今までシャティーラで暮らしていました。シャティーラでは私に対する疑いは晴れておりましたので、ザヴィアに帰れなくなった私の事情を汲《く》んで、いろいろと便宜を図っていただきました。あれ以来、ザヴィアとも祖父母とも疎遠だったわけですが、ザヴィアでクーデターが起きたと知って祖父母は無事なのかと心配になり、とりあえず帰国してみようと思った次第です。これは私個人の意思です。どこかの国や組織が関係しているわけ

ではありません。誓います」

秋成は怯《ひる》まずにしっかり大佐を見て率直に話した。嘘《うそ》はついていない。そもそも、秋成は己の行動に疚《やま》しさは抱いていなかった。ザヴィア政府側にも反抗勢力側にも与《くみ》するつもりはない。どちらとも利害関係はなく、純粋に祖父母を気遣ってのことだ。

「なるほど。あなたが捕まるのを覚悟で帰ってきたのは、国のためではなく親族のためと言うのだな。縁は切れていようが、血の繋《つな》がった祖父母の身を案じるのはおかしな話ではない。しかし、あなたは事件の前からローウェル家とはあまりいい関係ではなかったのでは？　あなたという直系の孫がいるにもかかわらず、遠縁にあたる男を養子にして、彼に家督を継がせると社交界にお披露目までしたのではなかったか。あなたをそこまで蔑《ないがし》ろにしたお祖父《じい》様お祖母《ばあ》様に、なんの遺恨もないと？」

「養子の件は正直なんとも思っていません。私には元々荷が重かったので、むしろ他に家督を継いでくれる人ができてホッとしたくらいです。祖父母に好かれていないのは、引き取っていただいたときから察していましたし……それはもちろん寂しく悲しいことではありますが、私にできるのは祖父母の気持ちを受け入れて迷惑をかけないように生きることだけだと考えていましたから」

「ほう。さすがは優等生。模範的回答だ」

理解してもらえなくても仕方がないと思っていたため、秋成は黙っていた。

「いや、誤解してほしくないのだが、私はあなたをからかったり皮肉ったりしているわけではない。本気で感心しているんだ」

大佐は真面目な顔で言う。深い海の色を写し取ったような瞳は誠実さに満ちており、大佐の言葉は口先だけのものではないと思えた。

「私も多少なりとあなたに同調できる境遇だ。私の母はいわゆる愛人で、父は私を長男の予備として認知したものの、正妻である義母が弟をさらに産んでからは微妙な立場になった。軍人になった動機はひょっとするとあなたと似ているかもしれない」

「そう……だったのですか」

うっすらとそのような話は聞いたことがあり、まったくの初耳ではなかったが、秋成はこんな場合どう反応すればいいのかわからず、曖昧に相槌《あいづち》を打つのが精一杯だった。この場で大佐が秋成に個人的な話をしたのが意外でもあった。

「あなたは、あまり器用なほうではないようだな」

秋成の反応を見た大佐が面白そうに微笑む。

「もっと立ち回りが上手かったなら、二年前あんな汚名を着ることはなかっただろうしな」

「大佐は、私の無実を信じてくださるのですか」

「信じるも何も、はじめから毛ほどもあなたを疑ってはいなかったよ」

ひとかけらの迷いも見せずに断言してから、大佐は腑甲斐《ふがい》ない己を自嘲するかのごとく唇を歪《ゆが》ませた。

「それは本当だが、だからといって私はあなたの無実を晴らすために何もできなかったのだから、結局は信じなかったのと同じことだ。あなたにそう誹《そし》られたとしても反論の余地はない」

評判に違《たが》わず、大佐は自分に厳しく、公平性の高い人のようだ。大佐が相手ならば話し合いの余地があるのではないかと希望が膨らむ。

窓の外は白んできていた。もう間もなく夜が明ける。勤勉な祖父母は、たとえ軟禁されているとしても毎朝五時には起床して一日を始めているに違いない。

「祖父母と会わせていただけませんか」

まずは二人がどうしているのか様子を知りたい。二人とも病気などめったにせず、矍鑠《かくしやく》としているが、人質として軟禁されているような非常事態の中では、体調を崩したり、精神が不安定になったりしているかもしれない。会って顔を見るまでは落ち着かなかった。

祖父母と会いたければこちらの出す条件を呑め、と何かしら要求されるかもしれないと秋成は予測していた。自分自身にどんな使い途《みち》があるのかはわからないが、少なくとも何の見返りもなしに言うことを聞いてくれるとは思っていない。秋成自身軟禁される可能性はおおいにありそうだ。その場合の対応策も念のために立ててある。

「いいとも」

どんな条件を出されるかと身構えていた秋成が拍子抜けして目を瞠るほどあっさりと、ユーセフ大佐は承諾した。

「すでに身支度をすまされている頃だ。お二人には元々のご自室をそのままお使いいただいている。案内させよう」

案内されずとも場所はわかるが、要は見張りと言うことだろう。いくら大佐が寛大でも、さすがに秋成を自由に動き回らせるとは思えず、秋成はよけいな口は挟まなかった。それよりも、祖父母を慣れ親しんだ部屋にいさせてくれていることに感謝する。酷《ひど》い扱いを受けている感じはなさそうで、とりあえず安堵《あんど》した。

「ときに、養子に入った男については、あなたは何も聞かないが、彼のことはいいのか」

執務机に戻ってインターカムで部下を呼んでから、大佐はおもむろに聞いてきた。

ワシルについてはあまり考えていなかったため、秋成は不意を衝かれてヒヤリとした。

「正直、祖父母のことで頭がいっぱいで忘れていました……」

「いずれにしても、彼はクーデター前にどこかへ消えていて、ここにはいないのだが」

秋成の言葉尻に被せるように大佐が言う。秋成を見つめる眼差しはどこか楽しげで、言外に、きみは彼が今どこにいるのか知っているのではないか、と問われている気がした。責められている感じはせず、そのためかえって大佐が何を考えているのか読みづらくて、秋成は胸を騒がせた。おそらく大佐も、秋成が体制側に立つのか、それとも反乱勢力側に賛同するのか、見極めようとしている最中なのだろう。

大佐に呼ばれた部下が来た。駅からずっと秋成に関わっている赤毛の下士官だ。

「トドロフ軍曹、ローウェル元大尉を当主夫妻の部屋に案内するように」

「はっ」

「元大尉。朝食はまだだろう。あとで私と一緒にテーブルに着いてくれ」

「……承知しました」

今後のこともあるので、秋成としてももう少し大佐と話がしたかった。

その前に祖父母と久々の対面だ。

むしろこちらのほうが緊張を強いられる。会えばきっと冷たい表情で見据えられるだろう。嫌味を言われるならまだましで、一言も口を利いてくれない可能性もある。大佐と会っているほうがよほど気が楽だ。それでも秋成はここに来ずにはいられなかった。

複雑に揺れる気持ちを持て余し気味になりながら、秋成はトドロフ軍曹について祖父母の部屋に向かった。

＊

現在祖父母が住んでいる首都中心部一等地に建つ館は、共和制になる以前の王侯貴族が政治と経済を握っていた時代、社交シーズンに滞在するタウンハウスとして用いられていたものだ。夏の終わり頃から晩秋にかけての四ヶ月あまりは地方にある城で過ごしたらしいが、時代の変化と共に管理維持費のかかる城は手放し、都会暮らしをする家がほとんどになった。ローウェル家も最後の爵位持ちだった先代がその決断をしたそうだ。

秋成はこの館しか知らず、こちらも相当な部屋数を有する大邸宅だが、城と比べたら手狭で、雇っているスタッフの数も少ないという。

祖父母の部屋は三階だった。

祖父母はそれぞれ寝室を持っており、二人で寛《くつろ》ぐときには居間を使う。起きて支度をした後、朝食までの時間はだいたい居間で過ごしていた記憶があるが、その習慣は変えていないようだ。

トドロフ軍曹は迷わず三階の居間の扉を叩き、礼儀正しく「失礼します」と声をかけた。近くに見張り役らしき人間は見当たらない。祖父母は三階は自由に動けるのだろう。一室に閉じ込められているわけではなさそうで、ありがたい計らいだと思った。

軍曹はドアを十センチほど押し開けると、すぐ脇に除《よ》け、秋成に入れと促すような目の動かし方をする。

秋成は腹を据え、自分の手でドアを開け直して室内に歩を進めた。

目の前に見覚えのある光景が広がっていて、一瞬、時が数年戻った気がした。

最後にこの館に来たのは上級士官学校を卒業し、すでに配属が決まっていた近衛部隊の入隊式が行われるまでの数日を過ごした折だ。無事卒業したことと、入隊が正式に決まったことを自分の口から報告するために、この居間に入った。

あの日と同じように祖父母は暖炉の傍の椅子に腰掛けていた。

祖父はスーツ、祖母は簡素だが上品なワンピース姿で、完璧に身嗜《みだしな》みを整えている。白髪を美しく纏めたヘアセットといい、祖母の化粧といい、およそ隙がなかった。

「おまえ……、なぜここに？」

「エリス！　あなた、どういうつもり！」

違っていたのは秋成を目にしたときの二人の反応だ。天変地異が起きようとも眉一つ動かさないのではと思うくらい冷静で、秋成とはめったに口を利こうともしない祖父母が、本気で驚き、動揺している。二人共すぐに表情を抑え、いつもの厳《いか》めしく毅然《きぜん》とした顔に戻ったが、内心まだ気持ちを乱しているらしいのは、落ち着かなそうにちらと顔を見合わせたところから察せられた。

「お許しもなく戻ってきて申し訳ありません」

秋成はドアの傍に佇《たたず》んだまま頭を下げて二人に詫《わ》びる。それ以上室内に入り込むのは躊躇《ためら》われ、遠慮した。祖父母がいつになく感情的になっているようなので、なるべく刺激しないように慮《おもんぱか》った。

「まぁ、本当に、よくもこの家の敷居を跨《また》げたこと！」

祖父はジッと秋成を品定めするかのごとく睨《にら》み据えるだけで、唇は一文字に引き結んだままだ。祖母のほうは逆に黙ったままではいられない様子で冷ややかに秋成を詰《なじ》る。

「あなたのような厚かましい恥知らず、もうローウェル家の人間とは認められません。こんなときにのうのうと戻ってくるなんて、反乱軍の一味だと白状するようなものじゃないの」

歳《とし》をとっても皺《しわ》の入り方にさえ気品のある祖母があからさまに眉を顰《ひそ》め、敵を見る眼差しを向けてくる。祖母にそんな顔をさせているのは自分だと思うと、秋成は胸が痛んだ。本来は慈善活動に熱心な、高貴なる者の務めを果たすことに誇りを持っている貴婦人だと秋成も承知している。気位は高いが決して驕《おご》り高ぶっているわけではない。秋成に冷たいのは、愛してやまなかった一人娘を奪い去り、不幸にして死なせた憎らしい男の子供だからだ。娘は本当は後悔していたはず。悪いのは娘を騙《だま》した日本人ビオラ奏者。そう思い込まなければ辛すぎて娘の死を受け入れられないからだろう。そんな気持ちがわかるだけに、どれほど冷遇されても秋成は祖父母を恨む気になれない。

「今までどこにいたの。とうにザヴィアに戻ってきていたんじゃないの？　地下に潜伏してよからぬ企《たくら》みに加担していたんでしょう。あなたは私たちに恨みがあるはずだから」

自分たちを恨んでいるだろう、と祖母が思っていると知って、秋成は戸惑った。本当のところ秋成は誰のことも恨んではいない。しかし、祖母はどうやら罪悪感を抱いているようだ。それが言葉の端から感じとれ、かえって秋成のほうが祖母を苦しめている気がして申し訳ない気持ちになった。

「信じていただけないかもしれませんが、私は今朝、国際列車でネルバに着きました。ザヴィアに戻ってきたのは二年以上ぶりです。着いてすぐ不法入国者扱いでここに引っ張ってこられました。クーデターのせいで国境管理は今、反乱勢力が取り仕切っているようなのです」

「……」

祖母は疑わしげな視線を秋成に向けてきて、無言で話の先を待つ姿勢を見せる。

秋成としても話せるだけ話すつもりでこの場に臨んでいる。少しでも祖父母の信頼を得て、祖父母の意向を確かめたい。本気で逃げる気はないのか。秋成としては、できれば安全な場所に当面避難してほしいが、それが無理なら、何か他に秋成にできることはないか。秋成自身、ザヴィア国内ではまだテロリストの疑いを掛けられたままにされている不安定な立場だが、そもそもそれは政府と軍部の一部によるでっち上げで、本当は無実だと国家の中枢にいる要人たちは承知しているはずだ。そうした事情に無関係であろうユーセフ大佐ですら、秋成はスケープゴートにされただけだと信じてくれているようだった。祖父母も本当のところはわかっているのではないかと思う。祖母の顔に一瞬よぎったバツの悪そうな表情を見逃さなかった秋成は、あらためて確信を深めた。わかっていてなお秋成を遠ざけようとするのは、どういう心境や思惑からなのか、知りたいような、知るのが怖いような、どっちつかずの気持ちだった。

「私は実質この国とは縁の切れた人間です。勝手なことを言わせてもらえば、クーデターが成功しようが失敗しようが、政治の問題には興味がありません」

秋成はあえて突き放した言い方をした。

「ですが……お祖父様とお祖母様がご無事かどうかは、気になりました。ワシルがお側《そば》にいればもちろん私などが心配する筋ではありませんし、そんな必要もなく遠くから見守っていられたのですが」

「ワシル？　あの子は五日ほど前からどこかへ雲隠れしていますよ」

祖母の視線が鋭く秋成の背後に向けられる。

扉は完全に閉ざされており、室内にいるのは秋成と自分たちだけであることを確かめたようだ。その上で用心深く声を低め、廊下に立っているであろう見張りに聞かせないようにする。

「何の前触れもないうちから一人で動揺していて、情勢が不穏なのでしばらく海外に旅行しないかと言ってきました。それならいっそう私たちはこの館を空けるわけにはいきません。不在中にご先祖様から受け継いだ大切な館を壊されでもしたら、あの世で申し開きができないわ。行くならあなた一人でお行きなさいと言ったら、次の日にはもう荷物を纏めて出ていったのよ。本当に、だらしのない。気概も何もあったものじゃないわ」

祖母は心底ワシルの振る舞いに幻滅しているらしく、吐き気を催したかのようにハンカチで口元を押さえる。祖父はそんな祖母を、秋成の前でよけいなことを言うなとばかりに睨み、苦虫を嚙《か》み潰したような顔をする。

「……やはりそうでしたか。ワシルはご一緒ではないように聞きましたので、お二人が占拠された館でどのようにされているか様子が知りたくて……後先考えずに参りました」

必要に応じて脚色を交え、秋成はなぜ自分がここにいるかを説明した。

それまで沈黙で応じていた祖父がやおら口を開く。

「我々はここでそれなりの扱いを受けている。おまえも納得しただろう。さっさと出ていけ。ここにおまえが留《とど》まる理由はない」

頑《かたく》なな意志を感じさせる灰色の瞳で凝視されると、心の奥底まで曝《あば》かれそうだ。全部真実を話していない秋成は、祖父の目を動じずに見返すのが難しく、平静を装うのに相当な胆力を要した。ここで逸らせば真意を疑われ、ますます祖父母を依怙地《いこじ》にしてしまう気がして、しっかりしろと己を鼓舞する。

ワシルの言ったとおり、祖父母は梃子《てこ》でもここを動かないつもりのようだ。さもありなんとは思っていたが、だからといってはいそうですかと引き揚げるなら、わざわざ危険を冒して入国した意味がない。そう簡単には退けなかった。

「私もここにいる方々に拘束されている身ですので、出られるかどうかは私の自由にはならないようです」

「間抜けめ」

祖父は唾棄するように秋成を罵倒し、そっぽを向いた。

祖母ももう秋成と話す気はないらしく、目を合わせようともしない。

これ以上粘ったところでどうにもならないと感じた秋成は、一礼して踵《きびす》を返した。

扉を開けて廊下に出る際、背中に視線を感じたが、我慢して振り返らなかった。振り返る素振りを見せた途端、祖父か祖母かもしくは二人共かは何事もなかったかのごとく知らん顔するのが想像できたからだ。

祖父母は祖父母で、冷淡な態度をとりながらも秋成を気に掛け、無茶はしなくていいと願ってくれているようなのがそこはかとなく伝わってくる。放たれる言葉の端々に、別の思いが潜んでいる気がするのだ。だから秋成は落ち込んではいなかった。ここまで来たのはまったくの無駄足ではなかったと感じられ、むしろ救われた気分だ。

廊下で待機していたトドロフ軍曹が秋成を一瞥《いちべつ》して、こちらへと顎をしゃくる。無愛想だが横柄ではなく、感じは悪くなかった。年齢的には秋成と同じか、ちょっと上くらいに見える。一般募集で軍隊入りした中で優秀な働きをし、軍曹に昇格した感じだ。ユーセフ大佐とは経歴も環境も違えど、彼のために働きたいと思い、どこまでもついて行くと決意して、クーデターにも加担したのだろう。そういう人間はユーセフ大佐の周りに山といそうだ。秋成の目から見ても大佐は理知的で行動力があり、指導者としてのカリスマも持ち合わせた魅力的な人物だと映る。皆が心酔する気持ちには共感できた。

次に軍曹が秋成を連れていった先は、先ほど大佐が執務室にしていた部屋の隣で、元は小さめの居間だったところだ。大佐はそこで食事をするらしく、日当たりのいい窓辺に円形のダイニングテーブルが置かれている。先に座っていた大佐に向かいの椅子を示され、秋成は素直に従った。

「御祖父母とは有意義な会話を交わせたか」

「久しぶりに顔を合わせて、お互い元気にしていることは確かめられましたので、私にとっては有意義でした。自由に外に出られず、誰とも連絡が取れない状況に置かれているようですが、それ以外は、大佐が仰《おっしゃ》るとおり、よくしていただいていると思いました。あらためて感謝いたします」

「鼻持ちならない旧貴族たちの筆頭、政財界に多大な影響力を持つローウェル家の当主夫妻とはいえ、民間人には違いないからな」

大佐はさらっと毒を吐き、言葉とは裏腹に爽やかに微笑む。事実を言ったまでで、個人的な好悪はないらしい。身内の秋成からしても大佐の弁は真っ当で、感情的とはほど遠く、認めざるを得なかった。

そこに給仕係らしき兵士が朝食を運んできた。秋成の前にも熱々のオムレツとソーセージ、ベイクドビーンズを盛り付けた皿が出される。焼きたてのパンも添えてある。

「ここでは皆、朝昼晩全員が同じメニューの食事をしている。あなたの祖父母もだ。今のところ文句はつけられていない。さすが高貴なお育ちだ。こういうときに品性というのは滲み出るものだね」

大佐はそんなふうにも祖父母を評価する。公平な目で物事を客観的に捉えられる人とならば話ができる。秋成は大佐とは話し合いの余地があると踏んだ。

「クーデターは成功するとお考えですか」

優雅な手つきでナイフとフォークを使う大佐に、秋成は核心的なことを聞いてみた。

「すると思うよ。十中八九ね」

大佐は淡々と答える。血気に逸《はや》って勢いで蜂起した感じは微塵もせず、この自己評価も客観的で信憑性《しんぴょうせい》が高い冷静な判断によるものだろう。

「最終目的は現政府の打倒ですか」

「そうだ」

「腕尽くで……という作戦ではなさそうですが」

ここに連れてこられるときに車窓から見ることができた範囲では、武力衝突した痕跡はほぼ目に付かなかった。市民に極力被害が及ばないよう、計画は緻密に立てられ、行動は大胆かつ迅速になされたことが窺《うかが》える。

「そうならないよう最大限の努力をするつもりでいる。だが、政府側の動き方次第ではまったくの武力衝突なしというわけにはいかないかもしれない。黙ってこちらの要求を呑むようなものわかりのいい連中は、向こうにはあまりいそうにないからな」

「いたら最初からクーデターを起こしてはいませんよね」

秋成がそう言うと、大佐は「ほう」と満悦した顔をした。

「実は前からあなたと一度腹を割った話がしたいと思っていたのだが、私の勘は外れていなかった気がしているよ。あなたとは考え方に似たところがあるようだ」

「そう……でしょうか」

「ああ。元大尉」

「申し訳ありません、大佐。どうか、私のことは名前で呼び捨てになさってくださいませんか。もうとうに軍服は脱いだ身ですので」

「それは失敬。不快な気分にさせていたのなら謝る。あなたのことはファーストネームで秋成と呼ばせていただこう」

「はい。そうしていただけますと助かります」

「さっそくだが秋成。私は持って回った言い方をするのは性に合わないので率直に言わせてもらう。我々の為《な》そうとしている改革に賛同してくれるなら、一緒に闘ってくれないか」

大佐の顔には強い意志が漲《みなぎ》っていたので、言われる前から秋成には大佐が言い出すであろうことが予想できていた。真摯で力強く、理知的な目でひたと見据えられると、ググッと大佐の気持ちに引き寄せられて、取り込まれそうな心地がする。カリスマとはまさに大佐のような人間に備わっている特別な力なのだろう。

「お言葉は嬉しいです。ですが、私はそんなつもりで来たわけではありませんので、今すぐここであなた方サイドに付くと決意するのは難しいです」

秋成は大佐の目をしっかり見返して言葉を継いだ。

「考えさせていただいてもよろしいですか。少なくとも私は政府側には与しません。それだけは今ここで誓えます」

一般市民の一人として何もせずにクーデターを見守るか、はたまた大佐と一緒に闘うか。どちらかだと言った秋成に、大佐はフッと口元を緩めて頷《うなず》いた。

「いいだろう。あなたにはこの屋敷で自由にする権利を保障する。外出も認めるが、その際は一言許可を取ってくれ。市中に出るとピリピリした空気が充満しているので、身の安全を図るためにも勝手な行動は控えてもらいたい」

「承知しました」

大佐の計らいは秋成としてもありがたかった。

落ち着き先も確保でき、まずは侵入計画の第一段階を突破したと考えてよさそうだった。

3

「元大尉にはこの部屋をお使いいただく」

トドロフ軍曹に案内されたのは二階の端の部屋だ。元々客用の寝室だったところで、家具備品は言うまでもなく、小さいながら浴室も付いている。大佐の意向なのか、連行されてきた身にしては破格の扱いと言えるだろう。軍曹も、自分たちのリーダーが秋成を仲間に引き入れたがっていることを承知しているようで、先ほどまでと比べると言葉遣いが丁重になっている。

取り上げられていたスーツケースも返された。中身をあらためられた形跡はない。

大佐は秋成の弁をとりあえず信用してくれたようだ。この二年あまり存在を忘れ去られていた秋成が、己を陥れた政府側に今さら加担するとは考えにくい——常識的にそう判断し、さらに実際に顔を合わせて話してみて、確信を深めたといったところか。万一秋成がスパイとして潜入したのだとしても、単独で飛び込んできた元近衛部隊の士官ごとき、どうにでも対処できる自信もあってのことだろう。

今回の潜入計画のために用意した携帯電話も取り上げられずにすみ、別ルートですでに入国しているドハ少尉ともメールで連絡が取れた。

　計画どおりローウェル家の本邸に入り、祖父母の無事を確認したこと。クーデターを指導している大佐は秋成を敵視しておらず、むしろ現政府が企てた陰謀のせいで国を追われた犠牲者だとして同情的で、このタイミングで戻ってきた理由にもいちおうの理解を示してくれたこと。あまつさえクーデターを一緒にやらないかと誘われ、返事を保留している件も正直に明かし、しばらく屋敷に留まることになったと伝える。

　今のところ問題なくいっているように思えるが、部屋の外には見張りと思《おぼ》しき兵士がいて、無警戒なわけではない。大佐からも勝手な行動はしないでくれと釘《くぎ》を刺されている。

　当面はメールの遣《や》り取り以外での接触を控え、政府と反体制組織の動向を見守りつつ、情勢次第で次の手を打つ。それまでの間、ドハ少尉にはクーデターに関する情報の収集を頼み、シャティーラにいるイズディハールやハミードとの連絡係を務めてもらう。秋成は決して無茶をしないとドハ少尉にも約束した。

　大佐の人柄には惹《ひ》かれるし、彼がやろうとしていることに理解と共感を覚えはするが、秋成自身はすでにこの国の人間ではないため、現政権はもちろん大佐側に与することもできない。クーデター自体は端で見ているほかなく、いざというとき祖父母の身の安全を守れるかどうかが、秋成がこの場にいる意義だ。そのために無理を押してザヴィアに戻ってきた。政権の行く末も気にはなるが、秋成としてはできるだけ穏便に、武力衝突は最小限にとどめる形でカタがつくよう祈るだけだ。大佐ならばやり遂げてくれるのではないかと胸の奥で期待している。

ドハ少尉と交わしたメールは返信が来た時点で削除し、痕跡を残さないようにする。

少尉も偽造パスポートが露顕することなく、偽名でザヴィアに入国できたとわかり、ひとまずホッとした。

衣服や日用品をスーツケースから出し、使いやすいように備え付けのクローゼットや造り付けの棚に整理する。

何日くらいいることになるのか、まだ見当もつかない。できれば情勢がある程度見えてくるまでは祖父母の傍にいたいと思っている。大佐の人となりからして、クーデター成功の暁に旧体制下で特権を得ていた人々を非人道的に扱い、粛正を行うようなことはないだろう。それより心配なのは、現政府が祖父母を見捨てて、クーデター側が本拠地にしているこの屋敷に無差別攻撃を仕掛けてこないかということだ。にっちもさっちもいかなくなれば、背に腹は代えられぬと武力行使に出る可能性は否定できない。そうなったときには、祖父母を無理にでもここから連れ出す。あとでどれほど恨まれようが憎まれようがかまわない。何もせず、祖父母を見殺しにすることだけはしたくない。秋成の決意は固かった。

大佐のことだから混乱を長引かせず、早急にけりをつけるべく動いているとは思うのだが、現政権もただ手をこまねいているだけのはずがない。体制を維持するためにありとあらゆる手段を使って抑え込みにかかるだろう。陸軍と空軍の兵士の大半は大佐に賛同し、クーデター推進側に回っているが、政府高官筋に近い上層部の一部は寝返っていない。命令系統はボロボロで、彼らの指揮下では軍としてまともに機能していないとしても、全員が全員大佐に付いたわけではない。警察も似たりよったりの状況らしい。反体制側はできるだけ武力に頼らず、市民に犠牲が出ないよう慎重に事を進めているようだが、政府側は友好関係にある諸外国にコンタクトを取り、援助を要請しているらしいとの情報も入ってきている。海外から武力支援を受け、強硬手段で一気に鎮圧にかかられたら、勝敗はどちらに傾くか予断を許さない。時間がかかればかかるほど大佐側が不利になるのではないか。なにより、市街戦のようなものが勃発すれば、一般市民を巻き添えにしかねない。それは何としても避けてほしいところだ。

元祖国の一大事を目前にしながら実質何もできない己の無力さが歯痒《はがゆ》い。

秋成自身にいい思い出はほとんどないにしても、大好きだった母の故郷であり、血の繋がった祖父母がいる国だ。無関心ではいられない。そうした秋成の心境を汲み取り、極秘行動を許可してくれたイズディハールには感謝しかない。

何年かぶりに顔を合わせ、言葉を交わした祖父母の反応は、とりつく島もない冷ややかさだったが、それは最初から覚悟していた。おそらく祖父母には一生受け入れてもらえない気がする。今回許しもなく屋敷に戻ったことで、さらに不興を買ったようだ。正直、悲しいし、辛いし、理不尽だとも思う。彼らを嫌いとまでは言わないが、怖い、苦手だ、と子供の頃感じていたのを、今も少なからず引きずっている。にもかかわらず放っておけないのは、きっと自分自身が後味の悪い思いをしたくないからなのだ。両親が知ったらがっかりするような振る舞いはしたくない。早くに亡くなった母の代わりに祖父母を大事にしたい気持ちは偽りなくあった。

荷解《にほど》きはさして時間もかからず済んだ。

日が昇っても気温は上がっていないようで、両開きのフランス窓から見える空は陰鬱な灰色をしており、いかにも寒々しい。眼下には手入れの行き届いた庭園が整然と広がっているが、常緑樹ばかりで気分を明るくしてくれそうな花は見当たらない。

三階の部屋に籠もりきりらしい祖父母は、屋敷を占拠され、行動を制限された状態で日々どのように過ごしているのか。今時分は窓からの眺めさえ楽しめなそうで、秋成は気になった。退屈を紛らわす話し相手はお互い以外に誰かいるだろうか。使用人たちのうち、ほとんどの者は留まって普段どおりに働いてくれているようなので、日常生活に困りはしていないらしいのがせめてもの救いだ。

そのことについて大佐は、「きみたちは自由だと言ったのだが、出ていったのは二人だけだった。きちんと遇され、恩義を感じている者が多いみたいだね」と感心していた。祖父母は使用人たちに決して居丈高な態度は取らない。仕事には妥協を許さず、厳しいが、彼らの働きに感謝と敬意を持って接していることが端から見ていて察せられた。きちんと向き合えるような関係性だったなら、本来は誰に対しても公平で、情の深い人たちなのだろう。秋成とは蟠《わだかま》りがありすぎて、顔を合わせるのも避けられ、ろくに口を利く機会もないまま今日の状態に至っているが、もしもどこかでお互いに変わるきっかけがあったなら、ここまで断絶せずにすんだかもしれない。今さらだが、秋成はそう考えずにはいられない。祖父母から逃げ、距離を置いていたのは秋成も同じだ。溝の深さに気づくなり絶望し、埋める努力を端《はな》からしなかった。つくづく臆病だったと思う。けれど、それは今も変わらずで、祖父母を前にすると、どうしようもなく緊張する。大佐から屋敷内では自由にしてかまわないと許可されても、もう一度三階に上がるのは腰が重く、祖父母にはしばらく当たらず障らずでいよう……と気弱に考えてしまう。

己の情けなさが恥ずかしく、知らず知らず俯《うつむ》きがちになっていた。肩に触れるか触れないかという長さに切り揃《そろ》えた髪を掻《か》き上げ、ふっと重苦しい息をつく。

少し外の空気に当たって頭を冷やそうとフランス窓を開ける。

暖かい室内に流れ込んできた冷えた外気に頬を撫《な》でられ、思わず首を竦《すく》める。バルコニーに出てロートアイアンの手摺《てす》りに手を掛けると、氷のように冷たかった。

上着なしではそうそう長く戸外にいられそうにない。ベストは着ているが、ワイシャツ一枚の腕に寒さがシンシンと沁みてくる。

一分と経たずに室内に戻りかけた秋成の耳に、どこからか音楽が聞こえてきた。

ハッとして上階を仰ぎ見る。

音は三階からしているようだ。ゆったりとした優雅な曲調のピアノ演奏。祖父は楽器は嗜まないはずなので、二人のうちのどちらかなら、祖母のほうだろう。

どこか懐かしい響きの曲だった。幼い頃聴いた母が奏でる音を思い出す。なんとなく弾き方が似ている気がする。曲そのものに聞き覚えはないのだが、耳にしたとき漠然と、この演奏の仕方を知っている感覚に見舞われた。

寒さも忘れ、しばし耳を傾ける。

音はかろうじて聞き取れるくらいの大きさだ。室内に入ってフランス窓を閉め切ったなら、よほど注意深く耳を澄まさないと聞こえなそうだ。

祖母の演奏はアマチュアにしては達者で、独特の味わいがある。毎日欠かさず弾いているのか、指もよく動いているようなのがわかる。

これを聞いて秋成は、僅かばかり安堵した。

軟禁下にあろうと、することがなくて退屈し、ストレスを溜《た》め込んでいるわけではなさそうだ。プライドが高いことは承知していたが、秋成が思っていた以上に気丈で、どんな状況に置かれようと自分たちらしさを貫き、できることをして凌《しの》ぐ。そうした逞《たくま》しさを目の当たりにした気持ちだ。

二人とも七十を超えているし、これまで政変に巻き込まれるような大事に遭遇したことはなかったはずなので、さすがに応えているのではなかろうか、体調を崩してはいないだろうかと心配だったが、祖父母は今のところ平常心を保っているように見える。

本当に無理をしているのでなければいいがと、別の心配はあるものの、当面は二人の気持ちを不用意に乱さないよう、端から様子を見ているだけにしたほうがよさそうだ。

一曲演奏が終わるまでバルコニーに佇んでいた秋成は、題名も知らない綺麗《きれい》な旋律が心に残してくれた余韻に浸りながら室内に戻り、フランス窓を閉めた。

思いがけず戸外に長居をしたせいで冷え、知らず知らず縮こまらせていた体が、暖かな空気に包まれて緩む。

それと同時に、長旅の疲れが今になって押し寄せてきたようで、コーヒーテーブルの傍の安楽椅子に腰を下ろした途端、座り心地のよさに体が甘えてしまい、瞼《まぶた》が重くなってきた。

いいから少し休め。

イズディハールの声が聞こえた気がする。

優しく、耳に心地いい、しっとりとした声音。色香の漂う唇が頭に浮かび、瞼にキスをされたときの感触を思い出す。

俺も動く、とイズディハールは言っていた。

いつまでも秋成をザヴィアに居続けさせるつもりはない、これはちょっとした里帰りだ。祖父母のことで自分自身を納得させられたら、必ず俺の許に戻ってこい。ひたと秋成を見据えてきた真摯な目が脳裡《のうり》に焼きついている。

もちろんです、と秋成は約束した。

しばらく会えないのは寂しいが、何があってもイズディハールのところへ帰る。

あらためて決意しているうちに本格的に眠気が襲ってきた。

＊

安楽椅子に座ったまま二時間ほど寝てしまっていた。

ドスンドスンと廊下を歩く重たそうな軍靴の音と、「少尉殿っ、少尉殿っ！」と連呼する甲高い声で目が覚めた。

廊下の端にあるこの部屋まで聞こえてくるとは、よほど騒々しく、大声だったのだろう。

何事か、と秋成は身を硬くしてドアを開け、廊下を覗いた。

ドアのすぐ横の壁に背を向けて直立不動の姿勢をとり、秋成を見張っていると思しき兵士と目が合う。まだ二十歳そこそこくらいに見える若い兵士で、秋成の顔を見るなり目を瞠り、狼狽えた様子で視線を彷徨《うろつ》かせる。敵意は抱いていなそうだが、馴《な》れ合うのは上から禁じられているのか、どういう態度を取ればいいのかわからず困惑しているようだ。

「な、何か用か」

緊張して気を張った声で、居丈高に聞かれる。舐《な》められてたまるか、と気負っているのが感じられ、秋成は自分自身が着任したての頃を思い出す。そのため嫌な気分にはならなかった。

「今ちょっと騒がしかったようなので、何か起きたのかと確かめたかっただけです」

秋成が丁寧に答えると、若い兵士の表情が目に見えて緩む。

裏切り者として有名な元大尉の見張り役に任じられ、大いに身構えていたが、その必要性はあまりなさそうだと認識を改めたらしい。忠義で真面目な若者のようだ。

「ああ……さっきのは、ボテフ軍曹です」

実際に秋成と顔を合わせて、想像していたのとは雰囲気が違っていたのか、あっという間に言葉遣いまで変わる。軍服に付けた階級章からすると彼は一等兵で、今でこそ反逆者扱いされているとはいえ昔大尉だった秋成は、雲の上とまではいかないにしても相当上位の存在だ。自然と畏まってしまうのだろう。

「普段から声が大きく、靴音を立てて歩行されるので、特になにかあったというわけではないと思います。慣れれば気にならなくなります」

若い兵士の言葉どおり、階段を上がってすぐ辺りにいる兵たちは、何の異変も感じていないかのごとく行き来したり屯《たむろ》したりしている。

「そうでしたか」

「お騒がせして、すみません」

「いえ。少しウトウトしていたので、事情が把握できておらず、私のほうこそ失礼しました」

「と、とんでもありません……っ」

秋成と話せば話すほど若い兵士は恐縮したようにしゃちほこばる。どういうわけかほのかに赤らんだ頬が、初々しく微笑ましい。

「よろしければお茶かコーヒーかお持ちしましょうか」

親切に言ってくれる。

「今は飲みものは結構です。それより街の様子を見に行きたいのですが、外出の許可はどなたにいただいたらよいかご存知ですか」

「外出なさるのですか。でしたら、わたしが同行いたします」

どうやら見張りの彼と一緒であれば、いちいち許可を受ける必要はないらしい。彼が上に報告し、大佐はそれによって秋成の動向を把握するということだろう。

「あと一時間ほどで昼食の時間になります。外出は昼食後でよろしいでしょうか」

「そう……ですね」

心情的にはすぐにも出掛けたかったが、自分の都合ばかり優先させるのも躊躇われ、承服する。こんな情勢下なので、店が開いていなかったら昼食抜きになるやもしれず、秋成自身はともかく若い兵士の彼に我慢を強いるのは申し訳なさすぎた。

「申し遅れましたが、わたしはニコライ・ペレツです」

ニコライとお呼びくださいとペレツ一等兵に言われ、秋成はそうさせてもらうことにした。

昼食はニコライが運んできてくれ、部屋でとった。

ユーセフ大佐は反乱組織、もとい革命軍を牽引《けんいん》する指導部のメンバーと会議中らしく、秋成が食事を終えて、約束どおりニコライが運転する軍用車に乗って屋敷を出るまで、姿を見かけることはなかった。

「大佐殿は、毎日早朝から深夜まで、他の誰より動き回っておられます」

ニコライはユーセフ大佐に傾倒していて、強い憧憬《どうけい》を抱いているようだ。大佐について話すときの口調は熱を帯び、一段と敬意が深まる。

「わたしのような一兵卒にも様々にご配慮くださり、階級や地位、立場の上下にかかわらず一人の人間として見てくださる。貧困家庭の出身で、義務教育を受けた後すぐ一般採用枠で入隊したわたしは、長いこと他の上司たちの鬱憤晴らしに殴られるサンドバッグみたいなものでしたが、大佐殿だけは全然態度が違っていたんです。はじめは信じられませんでしたよ。怒鳴らないし、威張らない。殴らない。無理難題を押しつけない。上に対しても下に対しても態度を変えず、すこぶる有能で、軍人としても超優秀。そんなふうですから、下の者たちからは絶大な人気でした。反面、上からは目の上のたんこぶだと疎んじられてもいたようです」

交通規則を遵守した慎重な運転で、秋成を街の中心部に連れていってくれる道中、ニコライは自らの境遇にも触れて、大佐の話を自分のことのように誇らしげに語る。

後部座席に乗った秋成は、ニコライの弁に耳を傾けつつ、車窓を流れる街中の様子を観察した。クーデターは軍と政府関係の要所を計画的に狙って起こされ、武力衝突は最小限に抑えられたと前もって聞いてはいたが、それを裏付けるかのごとく市中には戦闘の形跡は窺えない。

とはいえ厳戒態勢にあることは間違いなく、商業地区においても平時の賑《にぎ》わいには遠く及ばず、見かけるのはライフルを担いだ兵士や、警官ばかりだ。市民は自宅に籠もって、用がない限り外に出ずにいるらしい。スーパーマーケットなどの日用品を売る店はところどころ開いているが、目貫《めぬき》通りの、贅沢品《ぜいたくひん》を扱う高級ブランド店は概《おおむ》ね休業している。そのため、閑散として寂しい雰囲気ではあった。

「現政権が総辞職して選挙のやり直しに合意すれば、どちらがより多くの市民に求められているのか、必要とされる存在なのか、是非を問うことができます」

ニコライは人も車も少ない広々とした通りを、速度を落として走行しながら真剣に言う。

「今、大佐殿たち幹部の方々は、政府首脳陣との話し合いの場を作るべく呼びかけを続けておられます」

「選挙での勝算は計算済みなのですか」

「世論は新政権の設立に賛同し、期待を寄せるほうに傾いています。旧体制から政権を引き継ぎ、元皇族や貴族が変わらず政治の中心に居座り続けている現状に、国民はもう何年も前から失望し、怒っているんです。下層階級に身を置くと、押さえつけられて爆発寸前まで憤懣《ふんまん》が溜まっていたのが肌で感じられます。あのまま蟠りを噴出させて個々人が三々五々に蜂起していたら、秩序も何もない恐ろしい暴動が起きていたんじゃないかと思います」

「その前に、戦略を練ることに長《た》けた陸軍の将校が立ち上がり、革命を先導したので、街も人も無闇に傷つけられずにすんでいるわけですね」

「ええ。わたしはそう思っています」

改革は必要だとは秋成もザヴィアにいた頃常々感じていた。

なので、ニコライがユーセフ大佐にかける期待の大きさや、敬愛の念はよくわかる。

大佐は公明正大な人物だ。力尽くで権力の座に着こうとせず、国民の総意を選挙という形で計り、その結果を受け入れるつもりでいると知り、秋成もいっそう信頼を強くする。

「選挙になれば、大佐殿はきっと勝たれます」

ニコライは結果を微塵も疑っていなそうに断じた。

「それがわかっているから、政府のぼんくら共は話し合いの席に着こうとせず、性懲りもなく手勢を集めて我々を蹴散らそうとするのです」

続けた言葉は、語気も荒く忌々しさに満ちている。

おそらく、革命軍は元より、革命を歓迎し推進したがっている人々の大多数はニコライと同じ考えだろう。

秋成も異論はない。大佐が舵《かじ》取りをする新しい政府を本気で見たいと思う。いろいろと難しいところはあるだろうが、溜まりに溜まった膿《うみ》を掻き出し、新風を吹き込むべき時期が訪れたのだという気がする。

だが、長年持ち続けた既得権益で甘い汁を吸ってきた層にとっては、政変はなんとしても避けたいはずだ。秋成の祖父母にしても、二人がどう思っているかは聞けていないが、改革が現実化すれば、今持っている土地や資産は返納を迫られ、屋敷も手放して全く新しい生活を余儀なくされるかもしれない。

プライドの塊のような祖父母の心境を想像すると、秋成は親族として複雑だ。公の利益を尊ぶ気持ちと、個人的な感情の間で板挟みになる。体制が変わっても二人が尊厳を保って暮らしていける社会であればいいが、何もかも取り上げられてこれまでとはまるで違う環境に置かれる可能性もあり得る。そんな状況になったとき、果たして祖父母は耐えられるだろうか。

秋成自身が祖父母に疎んじられているので、力になりたくても受け入れてもらえそうにないことが歯痒い。いざとなればワシルを通じて何かすることを考えるつもりだが、正直、彼を信用していいものか確信が持てず、不安は拭い去れない。

「ああ、すみません。元大尉は家柄的には現体制派に与したいほうのご出身ですよね」

しばらく秋成が黙り込んでいたせいか、信号で停車した際にニコライが失念していたことに思い至った様子で詫びてくる。

秋成は車窓に向けていた顔を戻し、停車中もしっかりステアリングを両手で握っているニコライに「いえ」と穏やかに返す。

「私はもう、ローウェル家には絶縁されていますし、国からも追われた身ですから」

「あの事件……結局いろいろとうやむやになったまま幕引きされたみたいで、なんとも気持ち悪く感じていたのですが。元大尉と実際お会いして、やはり、元大尉は陥れられただけだったのではないかという見方が正しかったのだと思いました」

「はい。私は何も疚しいことはしていません」

秋成はきっぱりと言い切る。

「でしたら、元大尉も現体制に不利益を被《こうむ》った、それも、他の誰よりひどい目に遭わされた被害者ではありませんか」

喋《しゃべ》っているうちにニコライは感情を昂《たか》ぶらせてきたらしく、声が徐々に大きくなる。

「我々と共に闘いましょう。大佐からもそのような要請があったと聞いています」

「ニコライさん。信号、青になりました」

やんわりと注意を促すと、ニコライはハッと我に返った様子で、車を進めた。

「すみません。その件は、もう少し考えさせてくださいとユーセフ大佐にお願いしています」

秋成はニコライの気持ちに応えられないことを申し訳なく思いながら、せめて気分を害させないようにと、言葉を選んで言う。

「いえ、わたしのほうこそ、出過ぎたことを申しまして、お許しください」

ニコライも落ち着きを取り戻したらしく、すぐに詫びてきた。若くて感情的になりやすい側面はあれど、疑いが完全に晴れたわけではない秋成の監視役を任されるくらいなので、優秀な兵士であることは間違いなさそうだ。

「元大尉が今シャティーラ王国でお暮らしになっていて、そちらに生活の基盤を置かれていることは承知しています。もうザヴィアに戻られるお気持ちはないのだとしても、この国が元大尉にした仕打ちを考えれば、無理からぬことだと思います」

「だからといって、遺恨を残しているわけでもないのです。一言で言えば、過去の話、です」

秋成は正直に胸の内を吐露する。

「ひょっとして、あちらに家族をお持ちになっているのでしょうか」

ニコライは意外と鋭いところを見せる。

秋成は軽く目を瞠った。

「あっ！　またしても、すみません……！　立ち入った質問でした。忘れてください」

ニコライが慌てて質問を取り消したので、秋成は返事に迷う必要がなくなり、助かった。

車は高級店が建ち並ぶ目貫通りを抜け、高々と聳《そび》えるオベリスクがシンボルの広場に向かっていた。

大きな通り同士が交差する地点に差しかかる頃から、歩道で見かける人の数が増えたと感じていたが、気のせいではなく、広場に近づくにつれてどんどん多くなっていく。

「何かあるんですか」

「あの広場は、様々な思想や主張を持った人たちが、演説をしたり、パフォーマンスを披露したりといった活動によく使われていて、毎日誰かしらかが何かしています。たいていインターネット上で何日の何時からこれこれをやる、と告知して、関心がある人たちを集めているようです」

「今なら革命に関係した活動も行われているのではありませんか」

「革命に賛同する人々の中にも穏健派と過激派がいて、それぞれ違ったやり方を主張していますので、体制派も含め市中での市民活動は盛んです。我々の指導部も、いつどういう人物が人を集めようとしているのかは概ね把握しています。その中で明らかに警戒が必要なものに関しては監視と警護に人員を割いているようです。今日は特に何も聞いていません」

「車を降りて広場に行ってみることは可能ですか」

「そう……ですね……」

ニコライは即答を避け、迷うように返事に間を持たせる。

「あなたを振り切って逃げたりしませんし、私も元軍人ですので自分の身くらいは護《まも》れます」

「……そうですよね」

秋成の真摯さを汲み取ったのか、ニコライは自分自身に納得させるように呟《つぶや》き、「わかりました」と承諾する。

「元大尉を信じます。どうか私の側を離れないでください」

「はい。ありがとうございます」

元より秋成に逃げる気は毛頭なかった。

祖父母を人質に取られているのも同然の状況だ。いくらユーセフ大佐が寛大で理解があり、秋成に肩入れしてくれていようと、裏切ればただではすまされないだろう。そこは秋成も大佐の温情を過信してはいなかった。

広場から数百メートル離れた場所に、ずらりと車が路上駐車された石畳の道がある。いわゆる裏通りで、一方通行で大型車両は進入できないため、三十分程度であれば交通巡査のお目こぼしに与《あずか》っているエリアらしい。

ニコライはそこに車を駐めた。ちょっと無理なのではと思うような狭いスペースに、何回か切り返してどこにもぶつけることなく縦列駐車する。

「運転、得意なんですね」

広場まで歩く道々、少し個人的な話をした。

ニコライ一等兵は現在二十一歳で、中学を卒業してすぐ入隊して今に至ることや、趣味はドライブで、中古のオンボロ車が愛車だといった話を、照れくさそうに聞かせてくれた。

大通りに出て広場が近づいてくると、前にも後ろにも人がいる状態になり、集団で歩いているような感じになった。皆、向かう先は同じらしい。

街中は閑散とした印象だったのに、広場に来てみると、こんなにたくさんの人がどこから集まったのかと訝《いぶか》しみたくなるほど賑《にぎ》わっている。

空に切っ先を向けて突き上げた剣のような形のモニュメントが、ステージのように数段高くなった広場中央部に聳え立っており、間近に寄って触れることもできる。

広場の中には他に目立った建造物はなく、上空から見るとかなりの敷地面積が、ビル群を押しのけたかのようにぽっかりと長方形に開けている。

ここには多くの人が憩いを求めて集うため、様々な主義主張を抱く人々が演説をしたり、大道芸人やミュージシャンらがパフォーマンスを披露したりといった具合に、毎日何かしら行われているそうだ。昔から、法の範囲内でルールに則《のっと》った活動をすることを誰しもが認められた場所で、ここから広まったことも多いらしい。学生時代は寄宿舎で、軍人になってからは宿舎で、日々規律にまみれて過ごしていた秋成には馴染みのない場所だが、ニコライはこうした事情に詳しいようだった。

開けた場所のあちらこちらに人だまりができている。

数名屯しているだけのところもあれば、百人以上集まっているのではという密集ぶりのところもある。

クーデターが起きた直後という時期柄のせいか、自らの意見を声高に喋っている人が多い。

学生ふうの男女、政治家らしき演説慣れした女性、ザヴィア正教会の聖職者等々、三々五々に適当な距離を置いて人を集めている。

「ここで何かするのに届出とか、許可申請とかは必要ないのですか」

「三百人以上集まる可能性がある場合は事前に届けることになっていますね。警察の出動が必要になるケースもありますから」

いずれの人集《ひとだか》りにも近づくことなく、広場の中をニコライと並んで歩いて回る。

最も密集しているのは、オベリスクの足元で市民を煽動《せんどう》するような演説を打《ぶ》っている男だ。口と顎に髭《ひげ》を生やした四、五十代の男で、正規のものではない軍服っぽい上着を着ている。

「打倒、政府！　今こそ俺たちも立ち上がる時だ！　這《は》い蹲《つくば》らされ、泥水を飲まされてきた屈辱の日々から脱却するために、既得権益を振り翳《かざ》し俺たちを足蹴にしてきた旧特権階級の亡霊共を政の中枢から追い払う！」

熱の籠もった口調で叫ぶ声がキンキンと耳朶《じだ》を打つ。

「ザヴィアは共和国だ。何年も前から共和制を敷いているが、実態はそれ以前とほとんど変わっていないっ！　その土手っ腹に風穴を開け、市民に蜂起する気概を与えてくれた軍部の有志ら革命指導部には感謝しよう！　だが！」

秋成はなんとなく聞き流し難い気持ちになって、百人あまりの人々が男の周囲に扇状に屯している後方で足を止めた。

「だが、彼らのやり方は生温《なまぬる》いっ！　指導者らしき陸軍大佐は、軍と警察の一部を掌握し、首脳陣を防衛司令本部に集めて人質にし、国境を封鎖して他国の関与を退けた上で、現政権に解散と総選挙を迫っているそうだが、そんな品のいい交渉の仕方では海千山千の古狸《ふるだぬき》共に出し抜かれるのがオチだっ！　のらりくらりと躱《かわ》して時間を稼ぎ、反撃の機会を狙う。やつらの常套《じょうとう》手段だ。そうだろう、諸君！」

そうだ、そうだ、と群衆が拳を突き上げて賛同する。

「彼は、誰なのか知っていますか？」

自分たちが話す声も掻き消されそうになるほどの騒々しさの中、秋成に付き合う形で立ち止まり、一段高くなった場所で演説する男を注視しているニコライに、尋ねた。

「ネットでちょっと有名なミリタリーマニアで、グレネードというハンドルネームで知られている男です」

「グレネード……手榴弾《しゅりゅうだん》、ですか」

名乗り方からして好戦的な雰囲気で、秋成はそっと眉根を寄せる。

「動画配信サイトで軍隊格闘術や狙撃術などを実技披露してアクセス数を稼いでおり、同好の士の間ではリーダーに祭り上げられているようです。国内だけでも相当数のフォロワーがいるらしく、指導部のほうでも要注意人物としてチェックはしているみたいですが、今のところ素人が粋がって吠えているだけだとわかっていますので、特に対処はしていません」

「把握してはいるのですね」

「ええ。いちおう、それなりに影響力は持っているようなので。我々のやり方が納得いかないようなことを、連日執拗《しつよう》に発信していますしね」

ニコライと話している間にも、後から後から人が集まってくる。

混雑しているところを見ると好奇心が刺激され、何をしているのかと興味本位に寄ってくる人が現れる。するとさらに人集りが増え、ますます人を引き寄せる。グレネードの周囲はそうやってみるみるうちに人が密集してきた。

「何これ？　有名人が来てるの？」

「ええーっ、嘘っ。誰？　誰？」

ヒョウ柄のブルゾンにニーハイブーツで、この寒空の下、大胆に開けた胸元からタトゥー入りの膨らみを見せた女性が、秋成にドンと肩をぶつけて謝りもせず、押しのけるようにして人垣に潜り込んでいく。

「有名人だって」

さらに後方にいた男女までつられたように色めき立ち、秋成を奥に追いやって先に行き、人混みを掻き分けて前へ進む。

「秋成さん！」

すぐにニコライが傍に来る。おかげではぐれずにすんだ。

気を利かせて名前で呼んでくれたのもありがたい。ここで元大尉と呼称されるのは遠慮したかった。

「もう少し空いているところに移動しましょう」

真ん中あたりはぎゅうぎゅう詰めで混雑しており、何かあったとき動きづらい。ひっきりなしに後ろから押されるので、流れに逆らって人混みを抜け出すのも一苦労だ。やむなく秋成たちも前に行く。この際グレネードの主張をしっかり聞いておきたい気持ちもあった。

「今が重要な局面だ！　選挙なんてまだるっこしいことを言っている場合か！」

罵声を浴びせるような荒々しさでグレネードが畳みかける。

まったくだ！　と誰かが合いの手を入れる。

民族的に高身長で、がっしりとした体格をしているザヴィア人の間では、平均そこそこ百七十センチで細身の秋成は埋もれがちになる。ニコライも小柄なほうで、こんなふうに群衆に揉まれたとき、体を張って秋成をガードするには向いていない。この状況は大佐側も想定外のものだっただろう。

もう少しで最前列に辿《たど》り着くというところまで来たとき、突如バーン、バーン、バーン、と耳をつんざく破裂音が立て続けに襲ってきた。銃声だ。空に向けての威嚇射撃と思われる。

直後に、威圧に満ちた脅すような声が拡声器を通して響き渡る。

「治安維持局だ！　今すぐ集会を中止しろ。さもなくばこの場にいる全員、逮捕するっ！」

次の瞬間、誰かが「うわああっ」と動顛《どうてん》した声を上げた。

それを合図にしたかのごとく団子のように固まっていた人々が一斉に動きだす。

我先にと、近くの人を押しのけ、右に左にと無秩序に駆け出そうとする。

広場はあっという間にパニック状態に陥った。

あちらこちらで人と人とがぶつかり合い、怒声が飛び交う。

弾き飛ばされて尻餅を突く者、走る途中で足を縺《もつ》れさせて転倒する者。さらに、地面に倒れた人に躓《つまず》いて自らも転んだり、傍若無人に踏みつけて行く者がいたりといった惨状がそこかしこで繰り広げられだした。

秋成もぶつかってきた人に撥《は》ね飛ばされ、よろけたところを、さらに別の方向から背中を押され、踏ん張りきれずにつんのめって転びかけた。

コンクリート平板舗装された地面に顔から突っ伏す体勢で、全身に冷や水を浴びせられた心地になる。受け身を取ろうにも間に合わない。

怪我《けが》を覚悟したとき、斜め後ろからグイッと誰かに腕を摑《つか》まれる。

えっ、と驚き、何が起きたか一瞬わからなかったが、おかげで転倒を免れた。

腕を引いてくれた人の力が強くて、上体を起こした弾みで一歩後退《あとずさ》り、トンと背中を相手の体に当ててしまった。

「す、すみません……！」

慌てて謝り、振り返って助けてくれた人と顔を合わせる。

自分より十五センチほど背の高い男性を見上げた秋成は驚きに目を瞠り、咄嗟《とっさ》に言葉が出てこなかった。

「なに。妻を護るのは夫の役目だ。気にするな」

「イズディハール、あなた、どうして……？」

「俺も動く――きみをザヴィアに行かせるとき、そう約束したはずだ。忘れたのか」

濃いサングラスを掛けているためイズディハールの目は見えなかったが、秋成は真摯な眼差しを向けられているのを、はっきりと感じた。

「もちろん覚えています。でも、まさか」

まさかイズディハールまで不正入国するつもりでいたとは想像もしなかった。

聞きたいことは山ほどあるが、今はのんびり話している場合ではない。

現政権下にある治安維持局の局員が、グレネードの演説を聴いていた市民を銃で脅して散らしている。反発したり抵抗したりすれば容赦なく警棒で殴りつけ、怪我をして血を流し、蹲《うずくま》る者までいる有り様だ。

グレネードと彼を手伝っていた仲間たちは、全員拘束され、まさに連行されようとしているところだった。グレネードは斜に構えた態度で、どこへなりと連れていけと言わんばかりに開き直っているようだ。四人いる仲間のうち、三十くらいの女性と、それよりもう少し若そうな男性は、局員たちに喧嘩《けんか》腰で自分たちの権利の主張をしたり横暴だと捲《まく》し立てたりしていた。

「ぐずぐずしていると俺たちも捕まる。話の続きは後だ」

イズディハールに手を取られ、秋成は「はい」と従った。

治安維持局員がいきなり発砲するという乱暴な遣り口で踏み込んできたせいで、動顛した市民たちが広場を離れようと焦るあまり、将棋倒しになったり、ぶつかり合ったりして、怪我人が大勢出ている。

逃げようと駆け出した人々の流れに巻き込まれたとき、側にいたはずのニコライは別の一群に紛れ込んでしまったらしく、すぐにはどこにいるのかわからなくなっていた。

こっちだ、とイズディハールに先導されて走り、広場の北側に面した通りに出る。

そこへ白いセダンがタイミングを見計らったように近づいてきて、路肩に寄って停車した。

「乗るんだ」

イズディハールは自ら後部ドアを開け、秋成を促す。

秋成に続いてイズディハールも乗り込んでくる。

「ご無事ですか、殿下。妃殿下」

運転席にいるのはドハ少尉だ。

ドハ少尉ともこんなに早く合流できるとは思っておらず、秋成は頼れる人が一気に二人も増えて心の底から嬉しかった。ザヴィアに入国して以来、張り詰めさせていた神経を、ようやくここでいったん緩めることができる。

「少尉がきみの動向を常に把握していて、今朝ザヴィアに着いたばかりの俺に、きみが今どこにいるのか教えてくれた。おかげで、騒ぎが起きる前に広場できみを見つけ、密《ひそ》かに近づくことができていた」

「それで、あのようなタイミングでお会いできたのですね」

秋成はイズディハールが突然目の前に現れたわけを知り、ドハ少尉に感謝する。離れていても少尉に護られていたのだ。そして、イズディハールまで無茶をして、ザヴィアにまで来てくれた。もったいなさすぎて恐縮してしまう。

チェスターコートの下は、タートルネックセーターとウールのスラックスでラフに決め、サングラスで目元を隠していようとも、イズディハールが放つオーラは圧倒的だ。高貴すぎる雰囲気はごまかしようもない。そんな王子殿下に、一般家庭用のセダンに乗るようなまねをさせている。今さらながら秋成は、とんでもないことに愛する人を巻き込んだ気がして、居ても立ってもいられなくなっていた。

「私の我《わ》が儘《まま》にお二人を巻き込み、ご迷惑をおかけして本当に申し訳ありません」

「迷惑などとは思っていない」

イズディハールは心外そうに言う。

「俺の行動は外交上の戦略に基づいてのことだ。今はまだ、ザヴィアとの国交は途絶えたままで、やむなく秘密のルートを使って入国したが、出国するときは正規の手続きを踏んで失礼するつもりだ。クーデターが起きている今が、国交を回復させるまたとないチャンスだと国王陛下にも交渉の許可を得てきた」

「国交の正常化をお考えなのですか」

シャティーラに散々無礼な振る舞いをした挙げ句、一方的に国交を断絶させたのはザヴィア側だ。それを水に流し、再び関係を持つことにハマド三世までもが賛同しているとは、秋成には予想外だった。

「俺の最愛の伴侶であり、我が王室の大事なメンバーであるきみが、危険を冒してでも駆けつけずにはいられないほど気に掛けている人たちがいる国だ。ならば俺としても蔑ろにはできない。できる限りのことをして、きみを助けたい。俺がこの国と関わる理由はそれだけだ」

そのためならば苦労は厭《いと》わないと言外に匂わせるイズディハールに、秋成は胸が苦しくなるほどのありがたみと尊さを感じ、睫毛《まつげ》を震わせた。

「あなた」

秋成は腕を伸ばしてイズディハールの膝に手を乗せた。

その手の上に、イズディハールが自分の手を重ねてくる。

すらりとした長い指が秋成の指の間に差し入れられてきて、ギュッと握り締められる。

秋成はイズディハールの太腿《ふともも》に軽く爪を立てるようにして指先に力を込めた。

「これからどちらに？」

「すぐ着く。時間は取らせない。小一時間ほどしたら屋敷の近くまで送る。見張りの彼とは騒ぎのせいではぐれたと言えばいい」

ニコライと別行動になったことについては、秋成もそう説明するつもりだった。

せっかくイズディハールと会えたのに、またすぐ別れなくてはいけないのはせつないが、今はまだユーセフ大佐に従い、誠意を示す段階だ。ここで信用をなくしては元も子もない。

旧市街に程近い瀟洒《しょうしゃ》な住宅が並ぶ一角に、高い塀に囲まれた広い敷地がある。

ドハ少尉が運転する白いセダンは、重厚なアイアン製の門扉を潜り、そこに入っていった。

門柱に掲げられた表札に記されていたのは『在ザヴィア　シャティーラ大使館』の文字列。

「ここは我々の管轄、治外法権が認められた不可侵領域だ」

イズディハールはサングラスを外して黒く澄んだ瞳をキラリと輝かす。

「二日前までは封鎖されていたんだが、まぁ、入ってしまえばこっちのものだ。政府も反乱組織も、ここの存在を気にする余裕など今はないだろうしな」

確かに、と秋成は小さく微笑む。

イズディハールはときおり冒険好きな少年のような目をする。こういうときは日頃の品行方正なイメージとは違った大胆不敵さを発揮して、意外な一面を見せてくれるのだ。

秋成はそんなイズディハールが愛《いと》しくて、ときめく胸を持て余し気味だった。

4

ザヴィアとの国交が途絶えてから二年、大使館は封鎖されたままだった。そのため、庭も建物内部も荒れ果てており、イズディハールが密《ひそ》かに訪れることが決まって、ドハ少尉が急遽《きゅうきょ》、元大使の自宅だったところを調えたと言う。

その甲斐《かい》あって居間や食事室、書斎、寝室などは十分人が住める状態になっていた。

三人は窓から日が差し込む南向きの明るい居間で、ドハ少尉が淹《い》れた紅茶を飲みながら、現状を確認し合い、今後の動き方を決めることになった。

個人的な話もできたらいいが、秋成《あきなり》は今までどこにいたのかと不審がられないよう、あまり間を開けずにローウェル邸に戻らねばならず、残念ながらそういう時間はなさそうだ。

「クーデターを起こした反乱組織は、革命軍と呼ばれているようですので、今後は私たちもそう呼ぶことにしていいでしょうか」

「異論はない。首謀者と言うか、指導部のリーダー、ユーセフ大佐は評判通り人道的な人物のようだな」

「はい」

イズディハールに黒曜石のような瞳でじっと見据えられて、秋成は迷うことなく肯定する。

「祖父母や私への扱いは元より、部下たちや一般市民に対する処遇や考え方も、思いやりに満ちています。独善的なわけではなく、柔軟な思考ができる方で、間違いがあれば素直に認めて訂正や謝罪を厭《いと》わない公正さと潔さをお持ちのようです。理性が強くて視野の広い、思慮深く聡明《そうめい》な指導者だと感じます」

「そうか。きみにそこまで言わせるとは、相当な人物のようだな」

スッと目を細め、口元に薄く笑みを刷《は》かせたイズディハールに、秋成は饒舌《じょうぜつ》すぎたかもしれないと面映ゆくなる。

「妬《や》きそうだ」

「そ、そういう意味では……」

「殿下」

じわっと頬を熱くして困惑する秋成の横から、ドハ少尉がイズディハールを窘《たしな》めるように口を挟む。

「秋成様がお困りになっています。殿下がおっしゃると、冗談も本気に聞こえますので」

「ああ、いや、悪かったな。だが妬きたくなったのは事実だ。資料を見たところ、大佐は金髪碧眼《へきがん》の美形だしな」

確かにイズディハールにかかると、どこまで本気でどこからが冗談なのか、わかりにくい。

仕方なく秋成は苦笑して受け流した。

「この中で大佐と直に会い、話したのはきみだけだ。俺はきみの観察眼を信頼している。きみは少し優しすぎるきらいがあるが、必要なときは心を鬼にする勇気と覚悟を持っているし、情が深いのは悪いことではない。心情的に引きずられすぎないでほしいとは思うが」

「心に留めておきます。あなたが心配してくださっているのは、祖父母のことですよね」

そうだ、とイズディハールは頷《うなず》く。

「大丈夫です」

秋成は躊躇《ためら》いを払いのけつつ言った。

「私も、祖父母も、たぶん」

祖父母は新体制になったときのことを、すでに覚悟している。秋成は二人と顔を合わせたとき直感した。

「大佐はザヴィアの未来を、自分の考えや理想に沿って変えるつもりはないようです。選挙を行って国民の総意で決めることに拘《こだわ》っている気がします。今までどおりでいいのか、嫌だと思うのなら代わりに誰をトップに選びたいのか、どんな政策を支持するのか、一人一人が考えて決めること、政治に参加することに意義があると考えているんです。その結果、共和制が名ばかりでなくなって、旧王侯貴族も資産家も親の代から受け継いできた特権を返上して、一般市民と同じ扱いをされるとなれば、祖父母も当然これまでとは違った生活を送らなければいけなくなると思います。七十を過ぎた老人には酷な気もしますが、祖父母はそうなればなったで受け入れるつもりのようです」

「そうか」

イズディハールは感慨深げにまず一言相槌《あいづち》を打つ。

傍らでドハ少尉が複雑そうな表情を浮かべているが、少尉は発言を求められない限りこの場は口を挟まない気でいるようだ。

「きみと血の繋《つな》がった御祖父、御祖母らしい潔さだ。だが、いざとなったら屋敷と共に果てると言い出される可能性はないのか」

「最初は私もそちらを心配しました。ワシルの話を聞いても、祖父母は先祖代々受け継いできた屋敷を捨てる気はない、とても拘っているように感じられましたので。でも、屋敷と運命を共にするようなことだけは、なんとしても思いとどまってほしかった。そのために無理を押してザヴィアに来たのが本音です」

「お二人と会って、その考えはなくなったんだな」

「はい。なんと言えばいいのか……矜持《きょうじ》の持ち方が、そうではない気がしました。死ぬより生きること、生き抜くことに誇りを感じるのではないかなと。今屋敷を捨てて逃げないのは、まだ何もはっきりと決まっていないから、かと思うのです」

「本当に新体制になって、財産を没収され、再配分を受けるようなことになれば、そのときはそれに従うと？」

「そうだと思います」

漠然と感じていたことを、イズディハールに聞かれるまま、考えを纏《まと》めて言葉にすることで、秋成は確信を深めていた。

「もし、祖父母が私に何かすることを許してくださるなら、私は私にできることをしたい。そう思ってはいるのですが……」

秋成は言い淀《よど》む。

祖父母に嫌われている自覚があるだけに、何もさせてもらえない気がして、そこで思考が止まってしまう。何かしようとすれば、馬鹿にするな、よけいなお世話だ、年寄りに恥を掻《か》かせるつもりか、人でなし、などと今以上に罵倒され、恨まれるのが目に見える。これ以上関係が悪くなるのを避けたい気持ちが、秋成を臆病にする。

「秋成」

イズディハールが秋成の髪に触れてきて、優しく指を通して梳《す》き上げ、愛撫《あいぶ》してくれる。指先からイズディハールの優しさと愛情が伝わってきて、頭皮を撫《な》でられる心地よさと相俟《あいま》って胸の奥が温かくなった。

「私も陰ながら手を尽くそう。むろん、きみの御祖父、御祖母が私を孫婿だと認めてくださるなら、堂々とお二人の前に出ていくのだが」

「……あなたは、誰に恥ずべきところもない立派な御方です。祖父母もそれは否定しないでしょう。問題は私が疎んじられていることで、あなたを認めるか認めないかとはまったく別の話です」

「そう自分を卑下するものではない」

イズディハールはソファに横並びに座る秋成の肩に腕を回して抱き寄せると、上体を斜めにして秋成を力強く抱き竦《すく》めてきた。

セーター越しにもイズディハールの体温が感じられ、秋成の全身に甘美な震えが走る。

ドハ少尉が気を利かせたように席を外す。

コーヒーを淹れてきます、と言い置いて、台所に向かったようだ。

部屋に二人きりになるとイズディハールはすぐに秋成の口を塞いできた。

優しく啄《ついば》まれ、宥《なだ》めるようにチュッと吸ってくる。

湿った粘膜同士が接合するたびに淫靡《いんび》な水音がして、性感を刺激する。

顎を指で挟んで口を開くように促され、秋成は目を閉じたまま僅かばかり唇を緩めた。

薄く開いた隙間を舌でこじ開けられて、濡《ぬ》れた舌が口腔《こうこう》に入り込んでくる。

「ふ……ん、んっ」

口の中を掻き混ぜるように蹂躙《じゅうりん》され、低く呻《うめ》く。

イズディハールの舌は秋成の口蓋を擽《くすぐ》り、敏感な反応を愉しむ。

開きっぱなしになった唇の端から唾液がつうっと一筋零《こぼ》れ落ちる。

それをイズディハールは舌を伸ばして舐《な》め取る。

秋成が羞恥に喘《あえ》ぐと、再び口の中に舌を差し入れ、ヒクッとのたうつ秋成の舌を搦《から》め捕ってきた。

強く吸い立てられ、脳髄が痺《しび》れるようだ。

眩暈《めまい》がして、ゾクゾク体が小刻みに震える。

「んっ、ん……んっ」

はしたない声が抑えきれずに洩《も》れた。

イズディハールは秋成の肩や背中、髪を撫でつつ、舌を絡め、唾液を交換する濃厚なキスを続ける。

こんなふうにされると、だんだん体が熱を帯びてきて、下腹部が疼《うず》きだす。

秋成の場合、小振りの男性器が硬くなり、頭を擡《もた》げだすのと同時に、その下の切れ込みの内側もぬめりだし、さらに双丘の奥の窄《すぼ》まりまで猥《みだ》りがわしくヒクつかせてしまうという、消えてしまいたくなるくらい恥ずかしい有り様になる。

「……もう、だめ、だめです」

塞がれていた唇を離されるなり、秋成は囁《ささや》くような声で哀願した。

「ああ。残念だがこれ以上はしない」

イズディハールは秋成の薄く汗ばんだ額を撫で、軽く口づける。

しないと言われると、それはそれで残念な気持ちになり、我ながら淫らだと思う。

本音は秋成ももっとして欲しいのだ。

火照りと疼きがなかなか引かず、体がイズディハールを求めていることを否定できない。

「もうすぐ少尉がコーヒーを持ってきてくれる」

先ほどから鼻腔を擽る芳醇《ほうじゅん》な香りがしていて、秋成もそろそろドハ少尉が戻ってくると知っていた。

最後にもう一度だけ、秋成のほうからイズディハールの唇を吸い、名残惜しみつつ抱き合っていた腕を外し、身を離した。

それぞれソファに行儀よく座り直したところに、これ以上ないタイミングで少尉がコーヒーカップを載せたトレーを持って入ってくる。

「何度も悪いな、少尉」

「とんでもありません」

「ありがとう。気を遣わせて、ごめんなさい」

差し出されたカップをソーサーごと受け取り、秋成はドハ少尉に礼を言って謝った。キスの余韻が顔の表情に残っていないかどうか気になって、すぐに目を逸《そ》らしてしまう。

イズディハールは淹れたてのコーヒーを一口飲み、満足げに息を洩らすと、やおら表情を引き締めた。

大事な話の続きに戻る。

「選挙を求める市民の声は日増しに大きくなっています。市民運動も昨日より今日と活発化している傾向にあります」

ドハ少尉が報告する。

「先ほど広場で起きた混乱も、活動家の動きが活発化し、世論が本格的に動き始めたことに危機感を募らせた政府側が、とにかく片っ端から阻止しろ、逆らう者は腕尽くで鎮圧しろ、と無茶な命令を下したからです」

「それだけ焦っているのだな」

「はい。選挙をすれば、今の状況を鑑《かんが》みると十中八九ユーセフ大佐が勝利すると思われます。彼らにも予測できているため、合意できないのです。何もかも失うのが怖いのでしょう」

「このままでは埒《らち》が明かないな」

「私が心配なのは、現政権側が友好国に武力支援を求めている、という噂《うわさ》があることです」

もしも、どこかの国が、求めに応じて武器や兵を送り込んできたら、それこそ内戦にも発展しかねない。それだけは避けねばならなかった。

秋成の憂慮に、イズディハールも真剣な眼差《まなざ》しで同意する。

「そうだ。だから秋成、そうならないように俺が来た」

きっぱりと言われ、秋成はイズディハールを見つめてこくりと喉を鳴らした。

「でも、あなたもお忍びの身ですよね」

面と向かって密航ですよねとも言えず、秋成は柔らかく言い換えた。

イズディハールがおかしそうに笑う。秋成の配慮の仕方が面白かったようだ。ざっくばらんに言っても、こんなことで機嫌を損ねる人ではないと承知しているが、なんとなく遠慮してしまうところが秋成らしいと思ったのかもしれない。

「政府の人間にはまだ伝手《つて》がある。その人物とコンタクトを取って、まずこちらに引き込み、橋渡し役を頼む。不正入国の件はいったん棚上げさせて、後から始末をつければいい。今政府側はイレギュラーな事態を捌《さば》ききれず、烏合《うごう》の衆と化している。そのうち寝返る者も出てきだすだろう。逃げ足の速いねずみは、沈没しかけた船にいつまでもしがみつかないからな」

　そんなことになれば、いよいよ政府側は衰退するだろう。

　その前に、なんとしてでも他国に武力介入してもらい、クーデターを失敗に終わらせようとするはずだ。他国に力を借りれば、相手国に借りを作ることになる。見返りにどんな条件を呑《の》まされるかしれず、国の不利益を招きかねない。

「絶対に他国軍や外人部隊の派遣を許すわけにはいきません。イズディハール、どうか、ザヴィアを助けてください」

「秋成。外交は俺が皇太子時代から担ってきた、最も俺が本領発揮できる分野だ」

　イズディハールの力強い言葉に秋成は胸が震えた。

「はい」

「俺に任せろ。決して悪いようにはしない」

　イズディハールに真摯に請け合われ、ホッとして涙が零れそうになる。そのくらいありがたく、また嬉《うれ》しかった。

「そろそろ一時間近くなります」

腕に嵌《は》めたミリタリーウォッチを見たドハ少尉が、イズディハールに伺いを立てるような視線を送る。

「わかっている。少尉、秋成をローウェル邸から少し離れた場所まで送ってくれ」

「畏《かしこ》まりました」

ドハ少尉がすっくと立ち上がる。

秋成とイズディハールもソファから立った。

「車を玄関前に持ってきます。少しだけ、お待ちください」

「お願いします」

ドハ少尉が先に出ていった後、イズディハールは秋成を立ったまま抱き締め、別れがたそうに唇を合わせるだけのキスをしてきた。

「大佐は裏表のある人間ではないと信じているが、引き続き気を緩めずに注意深く行動しろ。一番に自分の身の安全を図ること。それがきみの務めだ」

「肝に銘じます」

「金髪碧眼に絆《ほだ》されるのも厳禁だぞ」

「もう……！　そんなご心配はいりません！」

秋成は唖然《あぜん》として、意外にやきもち焼きのイズディハールの胸板を緩く握った拳で叩《たた》く。

「大佐、百九十くらいあるんだろう」

「ザヴィア人は骨格がしっかりしていて、大きな人が多いんです。ご存知でしょう」

実はイズディハールはハミードより少しだけ背が低い。一センチに満たない極僅かな差で、横並びになっても一見しただけでは気付かない程度だが、事実だ。案外イズディハールは密かに気にしているのかもしれない。大佐のことで身長の話を持ち出され、秋成はふと思った。失礼ながら、可愛《かわい》いと感じて頬が綻《ほころ》ぶ。

秋成がイズディハールと玄関から外に出ると、すでにドハ少尉が白いセダンを着けて待っていた。

「何度も言うが、気をつけて行動しろ」

「ええ。あなたも、イズディハール」

またこれでしばらく会えなくなる。

頬に別れのキスをし合い、秋成は後部座席に乗り込んだ。

ドハ少尉がゆっくりと車を発進させる。

「政府側の説得は殿下にお任せして、秋成様はご心労を減らして吉報をお待ちください。くれぐれも無茶はなさいませんように。秋成様に何かありましたら、私、イズディハール様はもちろん、ハミード様にも顔向けできません」

ドハ少尉は元々ハミードの側近だった人物だ。秋成と何度か一緒に行動することがあり、相性のよさにハミードが気づいて、イズディハールの部下と交換してくれたのだ。以来、秋成が男装して隠密行動をするたびに護衛として傍《そば》についてくれている。秋成はハミードにも感謝しなければいけないのだった。

「そういえば、サニヤさんは体調お変わりないのですか」

臨月に近い体を思いやって、秋成は聞いてみた。

「昨日ちょうどハミード殿下のほうからこちらの状況を尋ねてこられまして、そのとき少しお話ししたのですが、今のところ順調のようです。予定日まで二週間となりましたので、いつ生まれても不思議なく、国王陛下もソワソワしておいでだそうです」

ハマド三世にとっては初孫になる子供だ。それは落ち着かない気持ちにもなるだろう。結婚式よりも出産が先になることは確定事項だが、無事王孫が生まれてくれれば、式の話も進むに違いない。

ハミードには絶対に幸せになってほしい。

秋成はハミードの気持ちを知ってから、ずっとそう願ってきた。

サニヤという控えめで思慮深い、百合《ゆり》のように清廉な印象の女性と出会えて、ハミードも今度こそ結婚に踏み切る気になったのだ。

サニヤには感謝している。

秋成にはどうすることもできず、ハミードと向き合うたびに苦しかった。

イズディハールも気づいているのが察せられるだけに、一頃はハミードと向き合って話すだけで罪悪感に駆られたものだ。

イズディハールとは違う意味で、秋成はハミードのことも深く想《おも》っている。

結婚の前に子供という宝まで授かって、最良の選択、最高の結果になったと、秋成は信じて疑っていなかった。

「次の角を曲がった先でお停《と》めします」

運転席からドハ少尉が声をかけてくる。

ハミードとサニヤのことを考えていた秋成は、ハッとして我に返った。

ローウェル邸はそこから歩いて二、三分の場所に建っている。

秋成はドハ少尉に礼を言って車から降りると、ニコライ一等兵とはぐれて帰宅まで一時間かかったことをどう説明するか思案しながら、ローウェル邸に向かって歩き出した。

＊

ローウェル家の正門は車が二台並走して余裕で通れるほど大きく、通常時は門番が来訪者を確認し、警備小屋で操作して自動化された門扉を開閉するのだが、革命軍の本拠地として占拠されてからは、迷彩服姿の兵士が複数態勢で常に詰めている。

秋成が徒歩で門に近づくなり、肩にライフルを担いだ兵士が走り寄ってきた。

「ローウェル元大尉だな！」

「そうです」

秋成はすぐに認め、抵抗するつもりなどないことを示すため、手袋をしたままの両手を肩の高さまで上げてみせた。

「ペレツ一等兵から事情は聞いている。広場での騒動はこちらも把握済みだ」

どうやらニコライは先に戻っているようだ。最悪の場合、革命軍のメンバーだと知られて治安維持局に引っ張られていった可能性もなきにしもあらずで、心配していたが、無事帰ってこられたのならばよかった。

「念のためボディーチェックをさせてもらう」

一人が銃に手を掛けて油断なく秋成の動向に目を光らせ、もう一人が慣れた手つきで素早くコートの上からポケットの辺りや胸元に触れて不審物を所持していないか確かめる。

そうやって足止めを喰《く》らっていると、屋敷からニコライが猛然と走り寄ってきた。

「元大尉っ！　ご無事でしたか！」

ニコライにも怪我《けが》は見受けられず、これだけ俊敏に動けるところを目の当たりにすれば、聞くまでもなく難を逃れたのだとわかる。

「すみません。人混みに押し流されて、気がついたらはぐれていました」

「ええ、私も同様です。しばらく車を駐《と》めた場所でお待ちしていたのですが、三十分経《た》ってもお見えにならないので、もしや徒歩で戻ることにされたのかと、慌てて来た道を走ってきたのですが、途中でも見つけられなくて」

「大通りは避けて、遠回りでも裏道を選んできました。……政府側の警官や兵士に見つかって身元がばれると、その場で拘束される身ですので」

「ああ、そうですよね。すみません、本当に」

ニコライは何も悪くないのに、何度も謝られると、ただでさえ嘘《うそ》をつかなくてはいけなくて心苦しい思いをしている秋成は、いよいよ心地悪くなる。

「とりあえず、中に。私にご同行ください。大佐殿がお待ちです」

門を警備する迷彩服姿の兵士二人は、ニコライが出てきた時点で心持ち警戒心を緩めた様子だったが、大佐の名前が出た途端、背筋をピシッと伸ばして直立不動になり、敬礼して秋成たちを見送った。下級の兵士たちにも、ユーセフ大佐の人気と信頼度は浸透しているようだ。

「寒い中、外で立ちっぱなしにさせてしまい、申し訳ないです」

「平気です。私も元軍人ですから」

秋成は屈託なく言い、微笑《ほほえ》んでみせる。

中性的な容姿と、ほっそりとした体つき、物静かな雰囲気などから受ける印象で、秋成は昔から軟弱だと思われがちだ。

「こう見えて、体は丈夫なほうです。せいぜい風邪をひくくらいで、めったに病院のお世話になることもありません」

「はぁ、そうなのですか。動きも身軽で俊敏そうですよね」

「近衛《このえ》部隊にいましたから、フェンシングと射撃と乗馬は必修項目でした。どれもいちおうS判定をいただいています。さすがに今はもう現職の方には負けるでしょうが。ついでにバイクの大型免許と、柔道の段も持っています。街中で暴漢に襲われる程度なら、一人で撃退できますよ」

ニコライに少々自分を誤解されている気がしたので、秋成はいっそのこと正直に話しておいた。自慢だと受け止められてやっかまれるのが嫌で、昔は自分からはまず言わなかったが、今はそんな心配をする必要のない身だ。

「元大尉は軟弱には見えません。……ただ、その……お綺麗《きれい》です」

最後のほうは口の中でもごもごと呟《つぶや》くように言われたので、本当にそう言ったのかどうか定かではないが、聞き返すのも気まずくて、そのままにしておくことにする。

屋敷に入って二階に行くと、階段を上り詰めた先に、赤毛が特徴的ですぐに覚えたトドロフ軍曹が待ち構えていた。

「ここからは俺が案内を引き継ぐ。ペレツ一等兵は持ち場に戻れ」

「はっ」

ニコライはトドロフ軍曹に敬礼すると、秋成にも会釈して踵《きびす》を返し、上ってきたばかりの階段を機敏な足取りで下りていく。秋成が部屋にいない間は、別の任に就いているらしい。

「元大尉はこちらへ」

ユーセフ大佐の指示なのか、トドロフ軍曹の態度も初対面のときと比べるとだいぶ軟化している。大佐には祖父母の処遇を含め、本当によくしてもらっていると思う。親切が身に沁《し》みる。大佐を騙《だま》すような不実なまねはしたくないという気持ちが強まる。騙すつもりは元々ないが、結果として裏切ることになるやもしれず、想像するだけで秋成は心苦しくなった。

前に対面したときにも連れてこられた部屋で、執務机に着いた大佐の前に立つ。秋成を案内すると軍曹はすぐに退出した。

正規軍で着用していたときの軍服を、反旗を翻してからもそのまま身に着け続けている大佐を見て、秋成はあらためて思うところがあった。

不満は多く、改善すべき点も山ほどあるだろうが、大佐はこの国を心底愛しており、その気持ちは一貫して変わっていないのだ。そう感じられて、いっそう大佐に肩入れしたくなった。

大佐はマホガニー製の執務机に両肘を突き、両手の指を組んでおり、秋成を見上げてにこりと微笑んだ。

「外出先で混乱が起き、あなたも巻き込まれたと報告を受けたのだが、怪我などはしなかったようでよかった」

「大佐にまでご心配いただくとは、痛み入ります」

「私は秋成に惹《ひ》かれているからね」

あたかも食べものか何かの嗜好《しこう》について語るような気軽さで大佐はさらっと言葉にする。

どう受け取ればいいのか判断がつかず、秋成は困って曖昧な表情をするしかない。冗談だとわかっていても、スマートに切り返せる器用さを持ち合わせていなかった。

「あちらに座って」

安楽椅子を指され、秋成は腰掛けた。座ると大佐を上から見下ろすのではなく、秋成のほうが少し見上げる形になるため、このほうが気が楽だ。

「首都中心部を見て、何か感じることはあったか。あったなら、秋成の意見を率直に聞かせてほしい」

大佐は本気で秋成を革命軍に引き込みたがっているようだ。信用され、考えに耳を傾ける気が大いにあるのを感じる。

それならば、と秋成は奮い立つ。

現政権側とはイズディハールが交渉に当たる。飴《あめ》と鞭《むち》を併用した外交手腕を発揮して、必ずや革命軍との話し合いの席に着かせてくれるだろう。イズディハールは内政に干渉する気はない。ただ、諸外国に軍事的な援助をさせての武力衝突は、国内を荒廃させ、非人道的な悲劇を生み、さらには世界情勢にも影響を与えかねないため、阻止したい考えなのだ。交渉のテーブルに引っ張り出せさえすれば、あとは両者間の問題だ。ユーセフ大佐には一目置いているようだが、公的な立場上はどちらに与《くみ》するつもりもないのが、イズディハールと話しているとわかる。ユーセフ大佐が舵《かじ》取りをするのなら、悪い方向には行かないだろうとまでは予測しているようだが、ザヴィアの将来を決めるのはあくまでもザヴィアの主権者たる国民だ、という考えは一貫している。それゆえに民意を図る選挙には賛成するのだ。

あちらはイズディハールに任せ、秋成は大佐に、ここから先は実力行使ではなく対話で現況の打破をお願いし、一刻も早く両者を同じテーブルに着かせるように努める。

それが今ここに自分がいる意味だと思えた。

秋成は大佐の目をしっかりと見て言う。

「広場までは市街地を車窓から眺めただけだったのですが、道路も建物も破壊されたり荒らされたりしたところは見られず、本当に、要所を押さえたあっという間の占拠だったのだなと感じました。練りに練った作戦と、腕利きのプロフェッショナルによる実行、リーダーである大佐の指導力を目の当たりにした気持ちです」

「過分な評価だ。だが、あなたの口からそう言われると、素直に嬉しい」

大佐は必要以上に謙遜せず、驕《おご》るでもなく、自然体で率直な受け答えをする。爽やかで感じがよく、話していて心地よかった。

「私は大佐の方針に納得しますが、広場には様々な主張をする人がいて、中でも一際人を集めて演説していた男性の発言を聞いて、危機感を覚えました」

「報告は受けている。通称グレネードのことだな。彼は元陸軍兵だが、独自の思想が攻撃的で危険すぎ、規律違反や命令無視などの問題行動も多かったため、一年半あまりで除隊になった男だ。軍には恨みがあるだろう。SNSなどでそうした発言をよくしている。私が起こした革命自体は喜んでいるが、やり方は気に入らないらしい。生温《なまぬる》いとか苛《いら》つくとか毎日憤懣《ふんまん》を書き連ねている」

「広場でも同じことを言っていました。武器を持って立ち上がれ、政府の命令系統が生きたままの機関を一気に襲撃し、悪徳政治家たちを一掃するんだ、と煽《あお》って、賛同する人たちの熱気がすごかったです」

「治安維持局も前から目をつけていたようだ。演説の途中で逮捕されたそうだな」

「ええ。とても乱暴な中止のさせ方でした」

そのせいで多くの負傷者が出たのが残念で、腹立たしい。イズディハールと会って話す機会を作れたのは助かったが、あんな暴挙は絶対に容認できない。あれが政府のやり方なら、やはり彼らには権力の座にいてほしくないと、個人的には思う。

「なんとか穏便に話し合うことはできないものでしょうか」

秋成は大佐と合わせた視線を動かさず、大佐も秋成の眼差しを真摯に受け止める。

心でも繋《つな》がることができている気がした。

「私が彼らに求めているのは解散と総選挙だ。国政の担い手を一度白紙に戻し、民意で選び直す。すべてはそこからだ」

「ですが、要求を突きつけるだけでは相手からの反応は得られず、この異常事態を長引かせるばかりのような気がします。ローウェル夫妻を人質にしても、正直、政府を動かす決定的な要素にはならない……現になっていないと思うのですが」

「そうだな。元々期待はしていなかったが、予想以上の冷淡さだ。さすがにここを直接攻撃するところまではいかないが、長引けばそれもどうなるかわからない。身内を守りたくて帰国の決意をした秋成の心境は察する。秋成にしてみれば、御祖父母を早く解放して、我々にここから出て行ってほしいだろうからな」

「もちろんそれもありますが、私は、ザヴィアが変われるかもしれないこの機会をフイにしたくないのです」

次第に秋成の口調も熱くなる。

向こうでイズディハールも骨を折ってくれているのだと思うと、自分も何かせずにはいられない。その何かとは、大佐に、政府と話し合う余地はあると諦めさせないことだという気がして、気持ちが逸《はや》る。

「フイになどしない。革命は必ず成功させる。そのために、私以上の指導者が現れれば喜んで立場を替える」

「大佐は公明正大な方です。私利私欲で行動されているわけでないことは、誰の目にも明らかでしょう。グレネードもその点は抗議していませんでした」

「それはありがたい。そこを誤解されるのは、さすがに我慢ならないんだ」

「私はまだ大佐を知って日が浅く、すべてを理解しているわけではありませんが、大佐のことは信じていいと感じています」

「秋成」

不意に大佐が椅子を引いて立ち上がる。

ゆったりとした足取りで秋成の許《もと》に歩み寄り、腰を浮かしかけた秋成を手のひらを向けて制止し、傍らに立つ。安楽椅子の背凭《せもた》れに手を掛け、至近距離で見据えられ、秋成は僅かに身を硬くした。まだそこまで大佐に慣れ親しんでいないので、こんなふうに接近されると緊張する。

「どうしてだろう。あなたに言われると、今まで感じたことのない嬉しさが湧いてくる」

大佐は本気で己の心境を不思議がっているような口調で続ける。

「あなたが傍にいてくれると、いつも以上に力が漲《みなぎ》るのを感じる。あなたにもっと認めてほしい、頼られたい、そのためにできることがあればしたい、そんな気持ちになるんだ。谷間の百合という言葉があるが、あなたを見るたびにそれが頭を過《よぎ》る。私には手の届かない存在だと思う一方、諦めきれない。親近感、だけではない気がする。一目置いて憧憬《どうけい》も感じているが、もう少し生々しい気持ちに駆られるときもある。こういうのは初めてで、正直、自分でも持て余し気味だ」

「大佐は私に、境遇に似たところがあると言われました。だから、いろいろと近しくお感じになるのではありませんか……」

他に気の利いた返答が浮かばず、秋成はぎこちない口調になった。

「それもあるにはあるだろうが」

大佐の反応もいつになく歯切れが悪い。もっと他に言いたいことがあるようだが、言葉にするのを躊躇っているのが伝わってくる。

「まぁ、いい」

大佐は秋成の正面に移動すると、「夕食の用意を二人分頼んである。付き合ってくれ」と言う。今度は有無を言わせない調子だった。

そのまま振り返らずにスタスタと隣室へ向かう大佐の背中に、秋成は従った。

＊

大佐との食事を終え、トドロフ軍曹に先導されて自室に戻った秋成は、窓からすっかり暗くなった外を見て、ふっと一つ息を吐いた。

長い一日だった。

夜が明けやらぬうちに連行されてここに来て、大佐と初めて顔を合わせてからまだ二十四時間経っていないのが信じられないほど、たくさんのことがあった。いろいろありすぎて、整理できていないことも多い。トドロフ軍曹やニコライといった革命軍のメンバーとも関わりができたし、グレネードのような過激派の存在も知った。

一番の驚きは、イズディハールが秋成にすら内密で、ザヴィアに潜入していたことだ。ドハ少尉は事前に聞かされていたようだが、秋成にはそんなことになっているとは匂わせもせず、まんまとしてやられた気分だ。

嬉しいし、力づけられたのは確かでも、シャティーラのほうはいいのだろうか、と向こうの人々に申し訳ない気がして、素直に喜びにくい。ハミードはさぞかし苦虫を嚙《か》み潰したような顔をしているのではないか。目に浮かぶ。帰ったら山ほど嫌味を言われそうだ。

ブルルッ、とコーヒーテーブルに置いていたスマートフォンが震動する。

見てみるとドハ少尉からメッセージが来ていた。

『今、少しお話しできますか』

電話をかけたい、という伺いのようだ。

部屋の扉がしっかり閉まっているのを確かめ、大丈夫です、と返信する。廊下にはおそらくまたニコライか他の誰かか、見張りが立っているだろうが、この屋敷の壁や扉は分厚く、しっかりとした造りなので、よほど大声を出さない限り漏れる心配はない。

しばらくして電話がかかってきた。

『俺だ』

「イズディハール！」

てっきりドハ少尉だと思い込んでいたため、秋成はまたもや不意打ちに遭った心地でドキッとする。後から喜びが湧いてきた。

『今日は驚かせて悪かった。だが、この俺がきみ一人を行かせてシャティーラで手をこまねいていられるはずがない。そう思わないか』

「言われてみればそのとおりですが、お立場が許さないと思っていました」

秋成は少し窘める気持ちを込めて返す。

『三日以内に帰国しろとハミードにきつく言い渡された』

イズディハールは懲りた様子もなく含み笑いしながら言う。

絶対にまたハミードに恨まれた。秋成は覚悟する。

『それより、昼間話したことだが』

あまり長く通話するのはまずい。イズディハールはすぐに本題に入った。

『さっそく首相にコンタクトを取った』

さすが行動が速い。首脳陣に近い筋に伝手があるようだったが、その繋がりを有効に活用できたらしい。首相はさぞかし驚いただろう。けれど、案外救いの手だったのかもしれない。

『予想を裏切らず、向こうはボロボロの状態らしい。曲がりなりにも平和が保たれているうちは問題が表面化しなかったものの、クーデターみたいな突発的な事態が起きると、対処能力のなさが露顕し、今や政府としてはほぼ機能していないようだ』

「議員の半数が帝政時代に宮廷で力を持っていた旧貴族と縁続きの人たち、残り半数は札びらを切るかコネを使った人たちだと言われていましたから、そうなるのも無理はありません」

『首相は元より、難局を乗り切る手腕を持つ人間が誰もいないようで、二年前シャティーラにした仕打ちを棚に上げ、手のひらを返して俺に縋《すが》ってきた』

「なんと言っていいのか。……すみません」

捨てられはしても、自国は自国だ。秋成は他人事《ひとごと》として聞き流してしまえず、恥も外聞もない対応に穴があったら入りたかった。

『きみが謝る必要はないが、なんとも情けない首脳陣だとは失礼ながら感じる。明日、密かに会うことになったので、革命軍の代表らと話す機会を作るよう、強く勧める』

「はい。私のほうも、二者間で協議して解散総選挙の流れに持っていってはどうかと大佐に働きかけます」

『二年前の件でザヴィア政府側に重大な過失があった証拠を握っている、と教えてやれば、当時関わったメンバーは蒼白《そうはく》になるはずだ。なんとしても闇に葬りたいだろう。穏便にすませてほしければ、話し合いの場を持てと言えば渋々ながら従う。手応えはすでに感じているので、それを直接面会して詰める』

どうやら解決の糸口は見つかったようだ。

秋成はひとまず胸を撫で下ろした。

『そんなわけだから、今夜は考え込まず、悩まず、ゆっくりやすめ』

昼前に仮眠をとるとき、脳裡《のうり》に浮かべたイズディハールに囁かれた言葉を、夜になって現実に聞くことになろうとは想像もしなかった。

「そうします。おやすみなさい」

チュッと電話越しにキスの音を聞かされ、秋成も羞じらいながら同じようにして返した。

寝る前にイズディハールとまた話せて心が晴れる。

秋成はその晩、夢も見ないで熟睡できた。

＊

一つ屋根の下にいても、三階に足を運ばない限り、祖父母と顔を合わせることはない。

それは、秋成がまだ寮住まいで、めったに帰省しなかった学生時代から同じだ。帰省した際の秋成の部屋は、現在ユーセフ大佐が執務室にしている二階の一間で、祖父母は昔から三階にいる。食事も普段は別々で、用がなければ三階に行くことも躊躇われた。

二十七になって、イズディハールと結婚した身となった今でも、秋成は三階に上がるとき多大な緊張を強いられる。

それでも、祖父母の様子が気になって部屋に行ってみないではいられず、勇気を振り絞って階段を上がっていった。

ニコライは階段下まで秋成についてきて、そこで足を止めた。邸内、特に三階に関しては好きなように行動させていいと上から言われているらしい。

朝食がすんだばかりの時間帯ということもあってか、三階には誰の姿もなかった。

祖父母が一日のほとんどの時間を過ごす居間から、ピアノを弾いている音が聞こえており、二人は今日も元気らしいとわかって安堵《あんど》する。

足音を立てて廊下を歩こうものなら、厳格な祖母は氷のように冷ややかな目で秋成を睨《にら》み、フッと軽蔑に満ちた溜息《ためいき》を洩らす。それだけで秋成はもう一歩も動けなくなり、祖母が踵を返して去ったあとも、ずっとその場に佇《たたず》み続けたことが一度ならずあった。

庭で偶然出会《でくわ》しても、挨拶すら無視される。口を開くのも腹立たしそうに唇を引き結び、その場では何も言われないが、後から執事や家政婦長を通じて、服装に乱れがあったとか、態度が悪かったなどと伝えられ、布団の中で泣いたこともある。

それでも、食事を抜かれたり、体罰を与えたりされたことはなく、虐待を受けたとまでは思わない。無視や冷淡なあしらいも昨今は虐待行為に含まれるのかもしれないが、秋成が子供だった頃は、今とは少し感覚が違っていたようだ。

ピアノの旋律に耳を傾けつつ居間に近づいていく間、秋成は次から次へと昔を思い出し、当時の辛かった気持ちや孤独や不安を甦《よみがえ》らせていた。

ぴったりと閉め切られた両開きの扉の前で、深く息を吸って吐く。

思い切ってノックをし、「秋成です」と声をかけると、ピアノの音がピタッと止んだ。

入れ、と言われるまで待ったが、いつまで経っても聞こえてこず、今日は一段とご機嫌が悪いのかもしれないと諦めかけた頃、中から扉を開けて祖父が姿を見せた。

「何の用だ」

祖父も祖母に負けず劣らず秋成にそっけない。成人して、さらには軍人になってローウェル家と距離を置くようになってからも、会うたびに頑《かたく》なな態度を取られて傷ついていたが、己の一存で結婚した身であることを思うと、心が折れにくくなった。自分にはイズディハールがいる。それが秋成の精神を支えていた。

「朝のご挨拶に参りました」

「よけいなことだ」

ぴしゃりと突っぱねられる。

僅かしか開けてもらえていない扉の隙間から、ピアノを離れて窓辺に立ち、眉間に皺《しわ》を刻んでこちらを見ている祖母の姿が覗《のぞ》ける。

一瞬目が合ったが、たちまち逸らされ、移動してしまったが、チラとでも姿を見ることができてよかった。体調を崩してなどいないようで安堵する。

「早く出て行け。そしてもうここには来るな」

低く唸《うな》るような声で言うなり、祖父は扉を閉めた。

二度と開けてくれそうな気配はない。

秋成はシンとして人気《ひとけ》のない廊下を引き返し、階段の手前で後ろ髪を引かれる気分になり、背後を振り返った。

その途端、バタン、と扉が慌てて閉まる音がする。

秋成は目を見開いた。

すでに扉は閉まっており、今の今まで誰かが廊下を覗いていたとしても、何の形跡も見出《みいだ》せなくなっていたが、祖父か祖母か、もしくは二人が秋成の後ろ姿を見ていたことは間違いない。

どういう心境でそんなことをしたのか、秋成には想像がつかなかった。

考え込みながら階段を下り、二階に着いたとき、ホテルなどの公共施設では一般的にホワイエと呼ばれているスペースに大佐がいて、「秋成」と呼びかけられた。

「どうかしたのか」

ホワイエの片隅に用意されたサモワールからコーヒーをカップに注いでいた大佐は、秋成にもコーヒーを勧め、立ったまま飲みつつ聞いてくる。

「差し詰め、御祖父母にまた冷たくされて落ち込んだ、といったところか」

「いえ……そうではなく……」

「ん？」

秋成はいったん言い淀んだが、大佐の態度がとても親身に感じられ、背中を押された気持ちで再び口を開いた。

「勘違いかもしれないのですが、出て行け、とドアを閉て《た》切ったあと、いつのまにかまた開けて、私が廊下を歩いていくのを見ていたようで、どういうおつもりだったのかと考え込んでしまいました」

「それはもちろん、秋成のことが気になるからさ」

決まっているだろう、と言わんばかりの顔つきで、さらっと大佐は断じる。

「秋成、あなたは少しお二人を誤解しているようだ」

「誤解……ですか」

思いもよらぬ指摘を受け、秋成は納得いかずに眉を寄せた。

「……憂い顔も、綺麗だな」

大佐は秋成の表情をじっと見つめ、独り言のように呟く。

秋成が、えっと思う暇もなく、すぐに気を取り直したかのごとく話を続けた。

「心配されてるのではないかと私には思える。お二人は、孫のあなたを巻き込んで、憂き目をみさせたくないんだ。先々を考えて、ローウェル家が受けることになるかもしれない措置は自分たちだけが引き受けると、すでに意を固めておられる気がする」

大佐は庭園を見下ろせる窓に近づき、冬枯れした灰色の景色を青い眼《め》で見ながら、穏やかな語調で話す。

「ただ、それを素直にあなたに言えないだけではないかな。私の両親も似たタイプだから、なんとなくわかるんだ。御祖父母は気位が高く、厳格で、ともすれば命より誇りが重要だと考える方たちだろう。先祖代々受け継いできたものを守ることにも、一般人には理解しがたいほど固執する」

「ええ、そうだと思います」

秋成は大佐の少し後ろに佇み、姿勢のいい背中を見ながら相槌を打つ。

「お二人は、あなたを決して嫌っているわけではないと思う。最初はもっと複雑な気持ちがあったのかもしれないが、年に一度か二度しか顔を合わせなかったとしても、これだけ長くあなたを見てきて、あなたがしてきた血の滲《にじ》むような努力を知らないはずがない。学校からも成績や人柄を評価した書類は受け取っているんだ。本当はとうに自分たちが取ってきた態度を後悔されているのだと思うよ。でも、認められない。折れられない。そこはもう、そういう性格だとしか言えない。七十を過ぎたお歳《とし》なんだから仕方がないさ。年をとればとるほど自分を変えるのは難しくなるものだろう」

大佐の言葉を聞くうちに、秋成はああそうか、と不思議なほどストンと胸に落ちてくるものがあり、根拠もないのに納得していた。さっき背後で扉が閉まる音を聞いていなかったら、きっとこんなに素直には受けとめられなかったに違いない。

「御祖父母の態度がこれからも変わらなかったとしても、あなたのほうがずっと若くて、まだ柔軟な対応ができるはずだから、少し見方を変えるといい。同じ言葉を投げつけられても、それだけで響き方が変わってくる。私はそうしてきた」

「大佐も、ご家族とはいろいろあったのですね」

「旧貴族の家で育つのは、他人には計り知れない辛さや苦労がある」

大佐はおもむろに体の向きを変え、秋成と向き合った。

「だろう?」

同志を見る目で見られ、秋成は躊躇いながら頷いた。

革命のほうの同志にはなれないが、大佐とはここを離れたあとも精神的に繋がっていられる気がする。

あらためて大佐による政変への期待が高まった。

「あの。昨日のお話について、なのですが」

秋成は思い切って自らの気持ちを言葉にした。

「私がきみに特別な想いを感じている、という話か」

大佐もずっと心に引っ掛かっていたのか、すぐになんのことを言おうとしているのか察して微笑みかけてくる。ちょっと気まずそうではあったが、くすぐったがっている素振りは見せても、避けたがってはいない様子だ。

「ありがたいお言葉すぎて、昨日はうまく言えなかったのですが。……私も、大佐に強い憧れと期待と信頼を感じています。傍にいるとわけもなく安心する。大佐と同じです」

「なるほど」

大佐は澄んだ目を瞠《みは》り、それから、ゆっくりと瞬《まばた》きをした。

「面と向かって言われると、過分すぎて思考が停止するな」

大差は屈託なく笑い、秋成を見て眩《まぶ》しげに目を細める。

大佐に対する想いを伝え切るには、まだまだ言葉が足らない気がするが、今言えるだけのことは言ったと思えて、秋成はひとまずホッとした。

5

あ、と秋成《あきなり》は読んでいた本から顔を上げ、耳を澄ました。

祖母の弾くピアノの音がまた聞こえてきた。微《かす》かだが、もう何度目かになるので、窓の閉まった室内にいても気づけた。

本に栞《しおり》を挟んでコーヒーテーブルに置き、安楽椅子から立ち上がって窓辺に歩み寄る。

今日は朝から晴れた空が広がり、午後もそのままの天候を保っている。冬の日差しが穏やかに降り注ぎ、庭も明るい。

二月もあと数日でお終《しま》いだ。

春は一歩一歩着実に近づいてきている。

祖母の演奏をもっとよく聴こうとフランス窓に手を掛けたとき、今度は階下で歓声が上がるのが聞こえた。

何やら動きも慌ただしくなっているようだ。靴音が入り乱れ、指令や掛け声が飛び交うなど、尋常でない事態が起きたことが察せられる。階段を上り下りして二階と行ったり来たりする動きも察知できた。

さすがに三階にまではこの動きは伝わっていないらしく、ピアノの音は途切れない。昔ほど耳がよくないせいもあるだろうが、不穏な心地にさせずにすんでホッとする。祖父母がこれまでどおりの生活を維持できるよう可能な限り計らってくれた大佐に、あらためて感謝する。

この分ではニコライもどこかへ行っているかもしれないと思いつつ廊下を見ると、予想通りニコライはいなかったが、ちょうどユーセフ大佐が数名の部下と共に階段の傍《そば》まで歩いてきたところで、秋成と目が合った。

大佐もすぐ秋成に気づき、部下たちを「車に乗っていてくれ」と先に行かせ、秋成を手招きする。

秋成は足早に大佐の許《もと》に行った。

「何か進展があったのですか」

大佐の落ち着き払い振りから、革命軍にとってよくない事態が起きたわけではなさそうなのは察せられた。

「先ほど首相から話し合いに応じると正式な申し入れがあった。二時間後に首相官邸で会合が開かれる。こちらは私と幹部数名が出席することになり、これから赴くところだ」

「二時間後、ですか」

展開の早さに秋成は驚いてしまった。

朗報は朗報だが、まさかそこまでのスピード解決になるとは思っておらず、何も知らなかったのと同じくらい意表を衝《つ》かれた。

昨晩イズディハールから、内密に首相と会うとは聞いていたが、よもやその日のうちに革命軍側と協議する場を設けさせる流れに持っていくとは、さすがと舌を巻くほかない。強力な交渉のネタがあったにしても、使い方を間違えればシャティーラとの関係は今以上に悪化することになったかもしれない。それをこの短時間で、考えられる限り最善の結果を出してみせるとは驚嘆する。あらためて敬愛の念が湧いてくると共に、もう結婚しているのに、世の中にはすごい人がいるものだなと他人事《ひとごと》のように感心していた。こんな人が自分の伴侶だとは、本当に、奇跡のようだ。

「今まで何度呼びかけても交渉に応じようとしなかった政府が、いきなりどういう風の吹き回しかと我々も最初は首を傾《かし》げた。この一年あまり、市民が何度もデモを起こし、我々が堪忍袋の緒を切らして蜂起しても、力尽くで抑えつける方策しか取らなかった頑《かたく》なな政府が唐突に和解を申し込んでくるとは、何か裏があるのではないかと疑ったのだが……」

大佐は真剣な眼差《まなざ》しで秋成を見据え、フッと意味ありげに口元を綻《ほころ》ばせた。

きみは何か知っているんじゃないか、と言いたげな微笑で、秋成はドキリとする。

「この急転直下の進展は罠《わな》ではないとはっきりした。我々の身の安全は、第三者の仲立ちで保障されている。秋成、間に立ってくれたのは誰だと思う？」

秋成は返事に詰まる。

大佐にジッと見据えられ、大佐はすべてわかっているのでは、という気がした。元より秋成は嘘《うそ》やごまかしが不得手だ。殊《こと》に、こうして真っ向から真摯に対されると、自分も不実な振る舞いはできなくなる。

「大佐が私にわざわざお聞きになるからには、私が現在お世話になっているシャティーラ王国が絡んでいるのだと推察いたします」

秋成は精一杯誠実に答えた。

「ああ、そのとおりだ。これはいったいどういうわけなのだろうな？」

大佐の口調には秋成を責めている感じはまったくなかった。快活で、腑《ふ》に落ちてすっきりしたとばかりに晴れやかだ。それは表情にも出ている。質問の形を取ってはいるが、答えはすでに知っているようだった。

「首相官邸に赴く前にここできみに会えて、礼を言えてよかった」

「いえ、私は何も。何もお役に立てていません」

何かしたのはイズディハールだ。シャティーラだ。秋成は何もしていない。謙遜ではなく、本気でそう思っている。

「きみがそう言うのなら、この場はそういうことにしておこう」

大佐は爽やかに微笑《ほほえ》み、嫌味のない押しの強さを見せつつ、柔軟に対応する。知的で聡明《そうめい》な上に感じがよく、やはり少しイズディハールに似ているところがある。この人に任せておけばザヴィアはきっとよい方向に行くだろうという予感がますます強まり、感謝したいのはむしろ秋成のほうだった。

「会合の席には、オブザーバーとしてイズディハール殿下にご同席いただくことになった」

「そ、そうですか」

国交が途絶えている現在、イズディハールがザヴィアにいること自体あり得ず、不法に入国しているのは明らかだだが、そこは全部すっ飛ばすと三方間で合意したらしい。

「対外的には非公式のご訪問中ということになるので、関係者以外には知らされない極秘事項だ。イズディハール殿下が首相とお会いになったと伺って、ご無礼ながら私がご同席をお願いした。殿下はご快諾くださったそうだ」

「そのような内密の話を私にされて問題ないのですか」

「ないだろう」

大佐は迷いのない口調で即答する。

「できればあなたにも同席してもらいたいくらいだ」

「まさか、そんな」

　秋成は仰天して思わず一歩後退《あとずさ》る。

「あなたは殿下と知己だそうだな。かつて外務大臣一行に従って護衛としてシャティーラを訪問した際、お会いになったと聞いている。口さがない者たちが、殿下はあなたを大変お気に召し、パーティーの席で親しげにお話しされたと言っていた」

「そのようなことも、ありました」

　秋成は心臓を乱打させながら肯定する。

「私はイズディハール殿がこの後に及んで介入してこられたのは、あなたがザヴィアにいる御祖父母を心配し、危険を冒して帰国すると決めたからだと踏んでいる」

　大佐は穏やかに、淡々と、核心を突いてくる。

「もちろん、この機に国交を正常化させる外交目的もあったかもしれないが、シャティーラにとってザヴィアとの関係を回復することは、さしてメリットのあることではないだろう。昔からの付き合いで貿易は続けていたが、重要度は年々下がってきていた。二年前の一件は、そのことに将来的な危機を感じ、パワーバランスを変えようと画策したザヴィア政府の謀略だ。私はそう見ている。だから、本来であればイズディハール殿はザヴィアの内政に干渉する義理はまったくないし、この国がどうなろうと知ったことではないお立場だと思うのだが、あなたという人の存在が殿下を動かした」

「私には、肯定も否定もできません。畏れ多いことです」

秋成は平静を保って返す。

「どうやら殿下はあなたをザヴィアに帰すおつもりはないらしい」

今度は大佐のほうが一歩下がり、秋成に向かって一礼してきた。

どういう意図でそんな恭しげな態度を取ったのか量りかね、秋成は困惑する。

「残念だが、あなたに私と一緒にザヴィアの国政に関わってほしいと望むのは難しく、諦めるしかなさそうだ」

「そのお話は前にもしましたが、私にはそのような能力はありませんので、ご期待には添えないと……」

「それより、あなたにとってもすでにご自身の居場所はここではないというお気持ちが前提としておありなのでは？」

「……はい。そのとおりです」

はっきりさせるかどうか躊躇《ためら》ったのは一瞬だけだった。

秋成が大佐の目を見て答えると、大佐は吹っ切れた様子で深く頷《うなず》いた。

「了解した、元大尉」

　声の調子を変え、きびきびとした歯切れのいい口調になる。

「行ってくる。今晩中には少なくとも解散総選挙だけは承服させ、合意に至らせるつもりだ。殿下が御見届けになる以上、政府側も往生際の悪いまねはできないだろう。早ければ明日にはローウェル邸を引き揚げ、御祖父母を解放する。約束しよう」

「ありがとうございます」

　秋成は大佐に頭を下げた。

「ここ一番の大事の前に、お時間を取らせてしまって恐縮です」

「なに。私がきみと話したかったんだ。ひょっとすると、こういう立場で会って話すのは、今が最後の機会かもしれないからな」

　解散総選挙が告示されれば、今度は選挙運動だ。

　選挙が終わるまでは国の代表は現政府であり、イズディハールと一緒にシャティーラに帰る秋成と最後に顔を合わせるのは首相だろう。首相にはあくまでもイズディハールの友人という立場で対することになるが、その場に大佐もいる可能性は低い。もし次に会う機会があるとすれば、そのときはおそらくザヴィアの新しい元首となった、アレクシス・ユーセフ首相としてになるはずだ。

そのときは、イズディハールと共に出迎え、あらためて挨拶させてもらおうと思う。

「ご武運を」

「ああ。行ってくる」

大佐は軽く手を挙げて応えると、堂々とした足取りで階段を下りていく。

秋成は大佐の姿勢のいい後ろ姿を、見えなくなるまで見送った。

ふと気がつくと、ピアノの音はまだ続いている。階段の傍にいると三階の廊下に漏れる音が結構聞こえる。

何事もなかったように響く音色にしばし耳を傾ける。

祖父母はこれからも、どんなことになろうと今までどおりに自分たちの生き方を貫くつもりだろう。そんな気がした。

＊

午後五時から、関係者以外には気づかれないよう慎重に慎重を重ねて開始された会合は、両陣営が納得する落ち着き処《どころ》が定まるまでに四時間半かかった。その後、急遽《きゅうきょ》首相がメディアを集め、午後十時から緊急会見を開くという慌ただしさで、おそらく国民の大半はこの日寝るに寝られなくなったのではないかと思われる。

　翌朝の新聞にも、昨晩遅く告示された【国民議会解散】【首相・閣僚、解任】【一ヶ月以内に総選挙実施】の見出しが躍り、四年の任期を待たずに二百三十名の議員を選出し直すことになったのは共和制が始まって以来初のことだと、テレビでもインターネットニュースでも興奮気味に伝えていた。

　夜のうちに革命軍はローウェル邸から撤収を開始し、その指揮はトドロフ軍曹が執った。

　軍曹はニコライ・ペレッ一等兵を従えて、秋成の許へ退去の挨拶に来た。

「大佐殿はこれからしばらく諸事でお忙しく、こちらへはもういらっしゃれません。私が代行を任されました。本来ならばローウェルご夫妻に直接お目にかかってお礼とお詫《わ》びを申し上げるべきところですが、お二方ともすでにおやすみになっておられるご様子ですので、元大尉殿からよろしくお伝えいただければ幸いです」

「承知しました。祖父母には明朝伝えます」

「はっ！　よろしくお願いいたします」

「軍曹も一等兵もお元気で」

「元大尉殿もお体にお気をつけてお過ごしください。次はぜひシャティーラのご家族と一緒に新生ザヴィアにお越しいただけたら嬉《うれ》しいです。きっと大佐も喜ばれます」

何日かだけだったが、ニコライは秋成と特に近しい距離で遣《や》り取りしたため、別れがたさもひとしおのようだ。

トドロフ軍曹が、初耳だ、という表情で秋成とニコライを交互に見る。

「それは誰にも言わないつもりだったのですが……」

秋成が困った顔をすると、ニコライは「あっ!」と手で口を塞ぎ、深々と頭を下げて「申し訳ありませんでしたっ」と謝る。

秋成は苦笑して「他の方にはどうか内緒にしてください」とお願いした。

「大佐殿にもですか」

軍曹に確認されて、秋成は頷いた。

「今度お目にかかったとき、私から言います」

「確かにそのほうがいいでしょうな」

軍曹は納得して同意した。

二人が最後に車に乗って引き揚げると、広い屋敷は火が消えたように寂しくなった。

少し前まで片づけを手伝っていた使用人たちも、それぞれの部屋で休んでいる。

起きているのは秋成だけのようだ。

明日には秋成もここを離れ、イズディハールとシャティーラに戻る。

大役を果たしたイズディハールは、今頃大使館の部屋で寛《くつろ》いでいるだろうか。想《おも》いを馳《は》せつつ二階の部屋に戻ると、タイミングを見計らったかのごとくイズディハールから電話がかかってきた。

『まだ寝てなかったようだな』

「はい。革命軍の方が全員撤収されたのを見届けて、部屋に戻ったところです」

『そうか。さすがユーセフ大佐、最後まで迅速だ。彼が有能で賢明なのは、五、六時間傍で見ていただけで十分理解できた』

イズディハールの口から大佐の話を聞くと、ちょっと落ち着かないというか、どう反応すればいいか迷うところがあるが、秋成もまったく同意見だった。

「最終的に合意に至れてよかったです。会合は予定より長引いた感じですか。それとも、思ったより早く政府側が譲歩した感じですか」

『首相たちは選挙のやり方を従来通りに行うことに拘《こだわ》って粘っていた。いわゆる、資産のある者に有利な選挙だ。それでは意味がない。当然大佐側は呑《の》み込めない。そこが最大の論点で、大半の時間を費やしたのだが、最終的には大佐が、条件は皆同じだ、それで勝つ自信がない者は最初から立候補しなければいい、と言って、首相たち既得権益を振り翳《かざ》そうとする連中を黙らせた。彼は、理詰めだけではなく、吼《ほ》えて圧する技量と格の高さも持ち合わせている。端で見ていて胸がすくようだった』

「人としても魅力のある方です。選挙に勝って議員になれば、間違いなく皆、彼を首相に選ぶでしょう」

『しかも、実物は写真で見るよりハンサムだった』

「そう、でしたか……」

またもや秋成は返事に困って、戸惑いながら相槌《あいづち》を打つ。

『秋成』

「は、はい」

『俺は夫として慢心するときがない。きみが行く先々に、きみを欲しがる者がいる。少しでも油断するときみを奪われそうで、安寧としていられない』

電話だとイズディハールの声をすぐ耳元で聞くことになる。色香の滲《にじ》む低めの声音に官能を擽《くすぐ》られ、ゾクゾクしてしまう。下腹部にズンと響く罪作りな声だ。小さく身震いしたとき、思わず熱っぽい吐息を洩らしかけ、狼狽《うろた》える。

『明日の正午前に迎えに行く。お祖父《じい》さんお祖母《ばあ》さんとはそれまでに心残りのないよう話しておきなさい』

秋成を煽《あお》るようなセリフを言うだけ言って、イズディハールは本題に戻る。

『午後三時には出国する。朝一番にプライベートジェットを寄越してくれるよう頼んだ。我が国との国交正常化の話も纏《まと》まったので、帰りは空港から堂々と発《た》てる』

「はい。それも叶《かな》ってよかったです。万一のとき、行き来しやすくなりますから」

『ああ。きみの気掛かりを一つでも多く減らしてやれたのなら、なによりだ』

「今回も本当にいろいろとありがとうございました」

『水くさいぞ』

イズディハールは秋成を愛《いと》しげに窘《たしな》める。

『きみのためなら俺はどんな苦労をしてもいい。そもそも、苦労を苦労と感じない』

熱い言葉に胸が震え、ありがたさでいっぱいになる。

『今夜はちゃんと眠っておくことだ』

電話を切る前に、イズディハールは反則だと抗議したくなるようなとびきりの色っぽさで、秋成の欲情をそそってきた。

『明日は寝かさない』

ときどきこんなふうに独占欲をちらつかせ、強引な物言いをされると、常にずっと同じ調子で優しくされるより愛情の強さが増して感じられ、嬉しいようなくすぐったいような、なんとも言えない気持ちになる。こういうイズディハールも秋成は好きだ。

ちゃんと眠っておけと言われたが、艶っぽい声が頭から離れず、秋成はベッドの中で何度も寝返りを打つはめになった。

おかげで翌朝は少し寝坊してしまった。

寝坊と言っても朝七時には起きたが、祖父母はとうに朝食をすませたあとだ。

三階の居間を訪ねると、普段と変わらずきちんとした姿で、祖母は編み物を、祖父は読書をしていた。この部屋にはテレビもラジオもパソコンもなく、唯一の情報源は朝食後にコーヒーを飲みつつ祖父が手にする新聞だけだが、果たしてそれを読んだのかどうか、二人の顔を見ただけでは秋成には腑甲斐《ふがい》なくもわからなかった。それくらい二人の態度は昨日までと変わりない。ただ、毎朝この時間に部屋を訪ねるのは秋成だと承知の上で、「入りなさい」と返事があったことだけが違っていた。

秋成が扉を開けて入っていくと、ソファと安楽椅子にそれぞれ座った祖父母は、いつもどおり冷ややかな眼差しをくれてきた。

「なんだ。まだいたのか、おまえ」

祖父が棘《とげ》のある口調で毒を吐く。

「それとも、現政権が倒れたことで、この国にまた戻ってくることにしたのか。おまえにとっては願ってもない結果になったようだな」

「そういうわけではありません」

秋成は祖父の推察をまずやんわりと否定し、それから続けて言った。

「ご存知だったのですね、昨晩のこと」

さすがに知らずにいるとは思っていなかったが、二人があまりにも落ち着き払っているので祖父の発言を聞くまで判断しづらかった。

「今朝新聞で読んだ」

祖父は感情的になって声を荒らげるようなことはなく、淡々と言う。

「その前に、もぬけの殻になった屋敷を見れば、何が起きたか予測はつくというものだ」

朝起きて使用人たちから話も聞いただろう。

「ユーセフ大佐が、無礼を働いて申し訳なかった、と。事態が一気に動いたため、急な撤収になったようです。一分でも一秒でも早く屋敷を明け渡したかったのではないでしょうか。後日大佐ご自身からあらためて謝罪があると思います」

「必要ないわ！」

祖父は苦虫を嚙《か》み潰したような顔で突っぱねる。

「ええ。もう、二度とお会いしたくないわね」

祖母の態度もとりつく島もない。

無理もない。ザヴィアで一、二を争う名門ローウェル家を押さえることが政府の動きを牽制《けんせい》するために最も効果的だったとはいえ、謝って許されるとは大佐も思っていないだろう。

「ここを占拠していた革命軍は撤収し、屋敷は元通りになりましたので、もう私がここに居続ける理由はなくなりました」

祖母がピクリと編み棒に掛けた指を動かす。

上品に皺《しわ》の出た顔に寂しさを感じさせる翳《かげ》りが一瞬浮かんだ気がして、秋成は大佐の言葉を思い出す。

言葉を額面通りに受け取るのではなく、表情や態度や声の調子を細部まで逃さず見れば、祖父母の本心は察せられる。なるほど、そのとおりだ。

「私は本日ザヴィアを発ちます」

「……勝手にするがいい。おまえは勘当された身だ。引き留める者はいない」

祖父は腕組みをしてそっぽを向き、秋成と顔を合わせないまま言う。

祖母はそんな祖父をちらりと流し見て、フッと溜息《ためいき》を洩らす。

「これから時代は変わるでしょうし、家督を継ぐも継がないも今までとは事情が違ってくる。ワシルはどうするつもりかしらね」

「今さらあいつに期待などしていない」

祖父の語調は今までで一番冷ややかだった。

正直、秋成にも今後ワシルがどう出るかは予測がつかない。

決していい関係ではなかった秋成に、ワシル本人も、背に腹は代えられない体で助けを求めてきたくらいだから、他に頼るあてはないのでは、という気はする。社会的に自立できているようにも見えず、遠からず祖父母の許に戻るつもりではないかと思う。

問題は、一度逃げ出したワシルを祖父母が受け入れるかどうかだ。

祖父母の厳しさ、プライドを何より重んじ、家に対する拘りと思い入れがとてつもなく強いことは、ワシルも重々承知だろう。

今回一人で逃げた自分を祖父母が許すはずがないと萎縮し、戻りたくても戻れない心境になっていることは大いに考えられる。

ザヴィアが落ち着いたら帰国する前提で、緊急措置としてシャティーラに入国させた手前、あまり長く留《とど》まらせてイズディハールに迷惑をかけるわけにはいかない。

秋成はどうすればいいのか悩ましかった。

祖父母はワシルに呆《あき》れ、失望している。それはワシルの話になった途端頑なさを増し、苦々しげな態度を隠さないことから明らかだ。祖父母がワシルを切り捨てるなら、秋成まで今すぐ出て行ってほしいと言うのは忍びない。板挟みになった心境だ。

「おまえは、もしかして、あいつが今どこで何をしているか知っているのか」

不意に祖父に鋭く聞かれ、秋成は咄嗟《とっさ》に否定できなかった。

返事に詰まった秋成の表情から、祖父はなんとなく事情を察したらしい。

「あいつと連絡を取っていたのか」

「いいえ。十一ヶ月ほど前、偶然顔を合わせました」

黙っているわけにはいかなくなって、秋成は差し障りのない範囲でロクブリュヌでワシルとばったり会ったことを話した。

「そのとき連絡先を知られて、今回、ザヴィアで異変が起きかけていると聞きました」

「それでザヴィアの様子を見に来たのか」

「気になって……」

祖父は秋成をジロリと睨《にら》み据える。

「あいつと連絡が取れるのなら、とにかく一度ここへ戻るよう伝えろ。今後状況は確実に変わるだろうから、養子縁組を解消してほしければ、こちらに異存はない。ローウェル家と縁がなくなったあとは、どこへなりと好きに行き、好きに暮らせばいい」

「わかりました。でも、本当にそれでいいのですか」

「いいも何もない」

祖父は切って捨てるように言う。

「今回のことであいつの心根はよくわかった。大幅に資産を減らして名ばかりが残ることになるかもしれないこの家を、当主として守っていく気などこれっぽっちもないんだとな」

これには秋成も異論はなく、祖父にいたずらに希望を持たせることはできなかった。

ワシルは養子になったときには、このような事態になるとはまったく想像していなかっただろう。

まだ確定したわけではないが、新政府が樹立されれば税制が変わる可能性がある。これまで優遇措置の恩恵に与《あずか》ってきた旧貴族家所有の土地や建物にも税金が課せられるようになれば、途方もない額を徴収されるだろう。現金を用意できない家は、代々受け継いできたそれらを手放すしかなくなる。祖父母はそれも織り込み済みで、覚悟しているようだ。しかし、ワシルにしてみれば計算違いで、ローウェル家を継ぐメリットはなくなるかもしれない。

「……あいつよりは、おまえのほうがまだましだったな」

ボソッと独りごちるように吐き出された祖父の言葉に、秋成はとても居心地が悪かった。

平常であれば絶対に口にしなかったはずだ。それがポロッと口を衝いて出た。祖父の内心の動揺が窺《うかが》え、見かけほど大丈夫ではないのだと思わされる。けれど、秋成にできることはそれほど多くない。

「あなた」

祖母が祖父を咎《とが》めるように見る。

今さらそんなみっともないことを言うなんて、と非難する眼差しだ。

毅然《きぜん》とした態度は祖父以上で、気丈さと矜持《きょうじ》の高さに圧倒されそうになる。秋成は昔から祖父より祖母が怖かった。向き合うたびに身が竦《すく》み、緊張したのを思い出す。

「ああ。わかっている」

祖父もすぐに背筋を伸ばして姿勢を正し、秋成と顔を合わせた。

「こちらからおまえに頼むのはワシルへの伝言だけだ。もう話すことはない」

さっさと行けとばかりに顎をしゃくられる。

秋成は、ずっと言おうか言うまいか迷っていたことを、やはり言おうと決意した。

次はいつ会えるかわからない。ここで話しておかないと後悔する気がした。

「あと一つだけ、よろしいですか」

「なんだ」

うるさそうにしながらも先を促される。

「実は、二年前に結婚しました」

「まぁ！」

完全に意表を衝かれたらしい祖母が仰天した声を出す。

「エリス、あなたどういうつもり？　そんな大事なことを……」

「おまえこそ何を言っている」

憤慨する祖母を、祖父が冷徹な口調で遮る。

「勘当した者が誰と結婚しようが知ったことか」

「でも、あなた。曾孫《ひまご》がいるなら……」

会いたい、とおそらく言いかけたのが表情から推し量れたが、寸前で理性が働いたのか、言葉を途切れさせた。

「子供は、いません」

秋成は祖母の気持ちをよけいな期待や心配で乱すのが忍びなく、初めて己のプライバシーを明かす意を固めた。

「生まれつき持てない体です。それでもいいと言われて、結婚しました」

さすがに祖父も祖母もしばらく口を開かず、言葉を探しているようだった。

デリケートな話題だが、いつかは話すべきだとずっと気にかかっていたので、言ってよかったと思う。また一つ、肩の荷を下ろせた心境だ。

「相手はシャティーラの人間か。それで、おまえは今、幸せなのか」

祖父に幸せかと面と向かって聞かれるとは思っておらず、秋成は戸惑った。

気がつくと、祖母からも真剣な目で見つめられている。

二人の面持ちはいつもどおり厳格な旧家の当主夫妻然としているが、眼差しには情が通っているのが感じられ、心がほんのり温かくなった。

「はい。私にはもったいないほどの方です」

「ならいい」

それ以上聞く気はない、と祖父は閉じた本に手を伸ばす。

祖母のほうは、ここで話を終わらせるのは納得いかないようだったが、祖父が二度と口を開きそうにないのを見て取ると、諦めたように編み棒を持ち直した。

立ったまま二人と話していた秋成は、読書に戻った祖父と、編み物を続けだした祖母に礼儀正しくお辞儀する。

「お邪魔しました。正午前にこちらを出ます。どうかお元気で」

「さっさと行け。見送りはせん」

本から顔を上げず祖父が突《つ》っ慳貪《けんどん》に言う。

秋成は扉を閉める前にもう一度会釈して祖父たちのいる部屋を出た。

なんとなく昔よりはわかり合えている感覚があり、胸の閊《つか》えが取れた気分だ。引き取ってもらってから二十年もぎくしゃくしたままだった関係が、ようやく少しはまともに話ができるくらいにまでなった。勘当されていようといまいと、彼らが秋成の祖父であり祖母である事実に変わりはなく、遅ればせながら歩み寄れてよかったと思う。

その気持ちは廊下を歩き、階段を下りるうちに、どんどん強まっていった。

よかった。これでよかった。

心の底から自分のしたことに納得がいき、満ち足りた気分になる。

勇気を出して祖父母の許に来て、結婚したことと、体のことをほんの僅かだが正直に打ち明けられた。承服してくれたかどうかはともかく、事実を受け止めてもらえた手応えはある。

これでようやく、秋成自身が己に掛けていた呪縛が解けたようだ。

身が軽い。精神的に楽になれたおかげで、足取りまで軽くなる。

同時に、今後はもっと穏やかな気持ちで祖父母の様子を見守れる気がして、離れていても精神的な距離はぐっと縮まったように感じる。

寝泊まりしていた部屋で、スーツケースに荷物を詰めた。

迎えが来たらいつでも出て行けるように調え、最後に忘れ物がないか室内を見渡す。元々必要最低限の物しか持ってこなかったので、置き忘れてる物はなかったが、ベッドサイドチェストの引き出しにメモパッドとボールペンが入っているのを見て、迷った末に携帯電話の番号とメールアドレスを残していくことにした。プライベートで使っているものだ。

二つ折りにして、祖父母に宛てる。

ここを掃除するメイドが気づいて執事に渡し、執事から祖父母に「いかがいたしましょう」と伺いを立ててくれるだろう。秋成が直接渡せば十中八九受け取ってもらえなそうだが、執事を介してならば、とりあえず見せろと言う気がする。

こんなもの、不要ならそれに越したことはないが、万一のとき、及ばずながら力になれたらなりたい。そのための手段を残して行くのは、秋成自身の心の安定を図るためでもある。

出立までにやっておかねばならないことをやり終えても、正午までまだ二時間ほどあった。

勘当された身で邸内を歩き回るのも憚《はばか》られる。使用人たちも、秋成と顔を合わせると、どう対応すればいいのかと戸惑ってやりにくいだろう。昨日までは大佐たちが主導権を握っていたため、秋成の世話は大佐の部下たちに任され、使用人たちとはほぼ関わらなかったが、今日からはまた元通りだ。

迷惑をかけては申し訳ないので、秋成は部屋から出なかった。

今日も天気がよくて、澄んだ青空を見ていると外が寒いことを失念しそうになる。

窓を僅かに開けていたら、予想通り今日も祖母がピアノを弾き始めた。

これが聴き納めだ。

コーヒーテーブルの傍の椅子に座って目を閉じ、すっかり耳に馴染《なじ》んだ優しいメロディに聴き入る。祖母はこの同じ曲を日に何度も弾く。もしかすると、秋成の母も、遠い昔、幼い秋成に弾いて聴かせてくれたことがあったかもしれない。

三十分ほどして音が止《や》むと、秋成はコートと荷物を持って部屋を出た。

まだ少し早かったが、なんとなく、迎えの車がそろそろ来る気がした。

階段を下りている途中で、左手から執事がホールに現れ、重厚な両開きの玄関扉を開ける。

前庭に車が入ってくるのが見え、迎えに出たのだろう。

秋成も玄関ホールを突っ切って外に出た。

サングラスを掛け、スーツに身を包んだイズディハールが、ちょうど後部座席から降りてきたところだった。運転しているのはドハ少尉で、車はレンタカーだ。

振り返って秋成が来たことに気づいた執事が恭しく腰を折り、スーツケースを預かって車のトランクに積み込んでくれる。

その間にイズディハールは秋成をハグするように抱き締めると、

「挨拶はもうすんだか」

と聞いてきた。

「はい。見送りはしないと言われましたが、ちゃんと、しっかり、話しました」

そうか、とイズディハールは頷き、秋成を傍らにして執事と向き合う。

「荷物、ありがとう。このまま失礼するが、当主ご夫妻によろしくお伝えいただきたい」

「畏《かしこ》まりました」

秋成とイズディハールが乗ると、ドハ少尉は車をゆっくり発進させた。

前庭を回り込み、門に向かう。

「秋成様、後ろをご覧ください」

ドハ少尉に声をかけられ、イズディハールと一緒にリアウインドーを振り返る。

「あ……！」

三階のテラスに二つの人影が見えて、秋成はちょっと泣きそうになった。

「きみは愛されている」

そう言ってイズディハールが秋成の肩を抱き寄せる。

秋成は「はい」と頷き、潤んだ目を伏せた。

＊

ドハ少尉の運転で、秋成たちはザヴィア軍が管轄する軍用空港に向かった。

ザヴィアの空の玄関はネルバ国際空港だが、緊急事態発生後、国内線国際線共に発着が制限されており、現在のところ事実上機能していない状態だ。

軍用空港に到着すると、空軍基地の司令が応対し、特別待遇ですぐに貴賓室に通された。一面ガラス張りになった広い室内から、エプロンにずらりと駐機した軍用機が見える。その中に一際目立つ、白を基調とした機体があった。シャティーラ王室専用機だ。

機体の周囲には軍の整備員たちがいて、粛々と点検整備が行われている。きびきびした動きは見ていて気持ちがよく、安心感がある。

「正式な国交回復は事務レベルの手続きを経てからになるが、今回特別にこちらの使用を許可してもらった」

今朝早くシャティーラからこちらに機体を回させ、十時頃には着いていたらしい。最初から帰国するときは空路のつもりで、王室専用機をいつでも飛ばせるよう準備させていたと言う。

「本当にザヴィアとよりを戻すことにされたんですね」

「ユーセフ大佐のような若くて有能な人物が首相になれば、ザヴィアもいろいろ変わるだろう。楽しみじゃないか。国交断絶したままでいるのはもったいない。うまく付き合えばシャティーラにとって有益な関係を築けるかもしれないしな」

秋成の気持ちや立場を汲《く》んで一肌脱ぐと共に、将来的な国益を見越して抜かりなくパイプを繋《つな》いでおく。情が濃くて優しいだけでなく、チャンスを逃さず、したたかかつ剛胆に外交を進め、一石二鳥の成果を上げて表玄関から堂々と帰国の途に就く。イズディハールの鮮やかさに秋成は憧憬《どうけい》と好意が湧き、間近でずっと見ていたいと胸を高鳴らせる。そして、それはすでに叶《かな》えていると気づいて赤面する。

「ネルバ国際空港の解除は早くても明日か明後日になるようだ。我々は極秘の訪問だったことになっているので、首相以下政府関係者は誰も来ていない。メディアの連中にも嗅ぎつけられないよう留意した」

「こっそり入国しましたので、出るときもそのほうがありがたいです」

「俺もだ」

イズディハールは秋成を見つめ、共犯者のような笑みを浮かべる。

「三時に出発すれば七時前にはシャティーラに着く。ハミードには明朝帰国の挨拶をすることにして、今夜は二人きりで過ごしたい」

「はい」

イズディハールの眼差しが熱を帯び、それにあてられたかのごとく、秋成も体の芯が疼《うず》いてきた。

このままイズディハールと過ごす夜のことを考えると、身も心もますますはしたないことになりそうだったので、秋成は話題を変えた。

「ハミード殿下といえば、サニヤさんの出産予定日まであと十日ほどですね」

いよいよ間近に迫った王室の慶事を、秋成もとても気に掛けている。万全の態勢が整っているとはいえ、命懸けの大仕事であることに変わりはない。どうか無事に果たせますようにと祈っている。

「三月五日と聞いたから、まさにあと十日だな。少し早くなる可能性もあるだろうから、いよいよハミードも落ち着かない気分になってきたのではないかな。公務の傍ら毎日一度はサニヤと顔を合わせて、励ましているらしい」

「ハミード殿下は子煩悩な父親になられる気がします」

「俺もそう思う。情が深くて、責任感の強い男だ。子供はどう扱っていいかわからなくて苦手だとは言っていたが、いざ生まれたらベタ可愛《かわい》がりしそうだ」

イズディハールは貴賓室のソファに並んで座った秋成の腰に腕を回し、身を寄せてくる。

「俺にはきみがいる。ありがとう、秋成。一緒にいてくれて」

「イズディハール」

子供の話題で秋成に気を遣わせまいと配慮したのであろうイズディハールの優しさが伝わってきて、秋成は申し訳なさとありがたさで胸がいっぱいになった。

体が触れ合うと、互いの温《ぬく》もりをダイレクトに感じ、もっと密着したい欲望が湧いてくる。

腰を抱くイズディハールの腕に、徐々に力が籠もってきた。

「夜まで紳士でいるつもりだったが、難しそうだ」

どうやらイズディハールも秋成と同じ気持ちになったらしい。

色香の滲む声に官能を刺激され、ざわっと鳥肌が立って小さく身を震わせる。

「さすがにここできみを押し倒すのは憚《はばか》られるが、機内では行儀よくシートに座っていられそうにない」

「……私も」

秋成は羞恥で顔を赤らめつつ消え入りそうな声で返す。

ほんの数日離れていただけだが、明日何が起きるか予断を許さない状況下で、少なからず緊張しながら一人で夜を過ごすのは、思った以上に心許なく、イズディハールの存在の大きさを痛感させられた。

こうしてイズディハールの許に無事戻り、体温や息遣いを感じるほど近づくと、もっと深く確かめ合わずにはいられなくなる。

「きみも、俺が？」

イズディハールが喜色を浮かべた顔で確かめてくる。

秋成は伏せた睫毛《まつげ》を揺らし、覚束《おぼつか》なげに髪に指を通して軽く掻き上げた。

「いつでも好きにしてくださっていいと思っていますし……それが私の望みでもあるので」

「いいのか。そんなことを言うと歯止めが利かなくなるかもしれない」

はい、と秋成は頷いた。

こうして色めいた遣り取りをしているだけで、はしたない想像をして体の奥が疼きだす。

昔は自分の体がとにかく悩ましくて、触れるのはおろかちゃんと見ることすら避け、ひたすらストイックに己を律していた。欲情を煽りそうなものは遠ざけ、肉体と精神を過酷なくらい鍛錬することで昇華し、うまく折り合いを付けることに成功していた。

けれど、それもイズディハールと出会うまでの話で、初めて話した直後に練習用の剣で一戦交え、共に汗をかくという経験をしてからは、それまで感じたことがなかった熱い気持ちを芽生えさせ、徐々に性的な関心と欲望が高まるのを抑えきれなくなっていった。

ゆっくり時間をかけて心を通わせ、キスや愛撫《あいぶ》といった行為で触れ合うことに慣らされていき、ついに体を開いて繋がることができたときには、恥ずかしいほど感じて悦楽に身を委ねてしまった。元々淫らで、欲望に抗《あらが》えない体だったのだろう。

秋成からすれば、イズディハールほど自制が利いて意志の強い人はいない。ハミードは背格好や顔立ち、声に至るまでイズディハールと瓜《うり》二つだが、性格は異なる。双子《ふたご》でも、皇太子として帝王教育を施された長男と、一王子として自由に育てられた次男とでは、やはり物の見方や心構えが変わってくるのだろう。もちろんハミードも愛国心の強い立派な王子で、今では皇太子として誰しもに認められている。イズディハールが皇太子の座を降りてでも秋成と結婚する決意をしたのは、ハミードの存在があればこそだ。

秋成はイズディハールに幸せを感じてほしい。そのために自分にできることがあればなんでもする。求められるのは秋成自身にとっても喜びで、嫌だと思ったことは一度もない。秋成からすれば、抱く前に断りを入れてくるイズディハールは筋金入りの紳士だ。

貴賓室で、搭乗時刻まで二時間ほど静かに過ごした。喋《しゃべ》っているより黙っているほうが多かったかもしれない。雑誌を捲《めく》ったり、お茶を飲んだり、景色を眺めたり、思い思いにしていた時間も結構あった。二人でいることがただ自然で、口を開かなくとも通じ合っている感があり、心地よかった。

隣室に控えていたドハ少尉が、ザヴィア軍の兵士と共に秋成たちを迎えにきて、離陸の三十分前には機内に入った。

王室専用機は超長距離型ジェットで、航続距離約八千五百マイル。外観は民間航空会社が運行する旅客機と変わらないが、乗ってしまうと飛行機であることを忘れそうだ。上質のレザーと木目調のインテリア、床は美しいストーンワークの部分と、高級なカーペットを敷き詰めたエリアとがある。キャビンはカスタマイズされていて、レストランのようなダイニングルーム、シアタールーム、そしてキングサイズベッドが据えられた主寝室、シャワールームが備わっている。

　離陸後しばらくして水平飛行に入り、機体が安定してシートベルト着用サインが消えると、イズディハールは隣に座っていた秋成の手を引いて席を立ち、シアタールームのさらに先にある主寝室に向かった。

　同乗しているドハ少尉とキャビン担当のクルーは、用がない限りシアタールームより先には足を踏み入れない。それぞれの部屋は、ボードや棚、スクリーンなどを間仕切りとして配することで、人目を避けられるようになっている。

　それでもドアを閉めれば二人だけの空間が作れるわけではないので、イズディハールに脱がされるとき恥ずかしくて落ち着けず、何度か身動《みじろ》ぎしたり、イズディハールの手や腕に指を掛けたりして、躊躇いを見せた。

「どうした?」

　イズディハールはからかうように聞いてきては、チュッとキスをする。

　唇に、頬に、目元に、温かな口を押しつけられるたび、優雅な手つきで共布のリボンタイを解かれ、真珠で作ったボタンを外され、シルクのシャツを肩から滑り落とされる。

秋成はシーツの上に正座を崩した形で座っており、目の前に胡座《あぐら》をかいたイズディハールがいる。秋成の膝がイズディハールの組んだ脚に当たるほど近づき合っている。

シャツを両腕に通したまま肩から胸まではだけられ、秋成は少し前屈《かが》みになった。

寝室の照明は絞って暗くしてあるが、まだ日も高いうちから、空を飛ぶジェット機の中ではしたない姿を晒《さら》そうとしていると思うと、自分がとてつもなく淫らで罪深い気がして、どんな顔をすればいいかわからなくなる。

イズディハールにならいつどこで何をされてもいい、という気持ちも本心だが、だからといって羞恥心がなくなるわけではなく、いざ服を脱がされだすと動揺してしまうのが我ながら矛盾していて困惑する。

「きみのこういう奥ゆかしさが俺にはたまらない媚薬《びやく》だ」

羞じらう秋成にイズディハールは、目を細めて愛おしげに囁《ささや》く。

「大胆に俺を受け入れながら慎みを忘れないところが、本当にきみらしい」

いい加減慣れろとか、面倒くさいなどとはまったく思っておらず、かえって燃えるらしい。

「……っ、あ、あ……っ」

イズディハールの指が両胸の突起に触れてくる。

いつもしているピアスは、シャティーラを発つとき外してきた。パスポートを見せれば十中八九拘束されると予測していたので、身体検査をされる可能性があったからだ。幸い、大佐の部下たちは秋成をそんな屈辱的な目には遭わせず、取り越し苦労に終わってよかった。

「外していても、敏感だな」

「あっ……！　ん……っ、あっっ」

脱がされながらキスされていただけで快感を拾い集め、凝《しこ》りだしていた乳首を摘んでクニクニと指の腹で揉《も》みしだかれる。

ギュッと押し潰されたかと思うと、引っ張られ、乳暈《にゅううん》ごと口に含んで吸われ、秋成はガクガクと肩を揺らして喘《あえ》いだ。

指と口とで左右交互に弄《いじ》られ、ジッとしていられない刺激が全身に拡散する。ビリッと電気を流されるような感覚に何度も襲われ、脳髄や足の付け根が痺《しび》れ、疼き、たまらず淫らに腰を動かしてしまう。

気がつくと袖からシャツを抜かれて上半身裸になっていた。

代わる代わる吸われた乳首は唾液を塗《まぶ》されて濡《ぬ》れ、ぷっくりと膨れて物欲しげに突き出ている。薄暗さにすっかり慣れた目に、その卑猥《ひわい》な形がはっきり映り、見られたくなくて手で隠そうとした。

「まだだ」

すかさずイズディハールに手首を摑《つか》まれ、手の甲に愛情の籠もったキスを落とされる。

「イズディハール」

「なくても可愛いが、あるときみはもっと感じて乱れるだろう」

まだシャツとスラックスを身に着けたままのイズディハールがポケットから取り出した小さな宝石箱を見て、秋成は小さく顎を震わせた。

片手で箱を開き、もう一方の手で左側の乳首を括《くく》り出すように乳暈を摘む。

乳首には針で開けた小さな穴が貫通している。すでに痛みはないが、金の輪に小さなルビーをあしらったピアスで穿《うが》たれると、ひどく感じてビクビクと体が痙攣《けいれん》する。

「こちらは、またあとで付けてやろう」

右の乳首には宥《なだ》めるように指を走らせるだけにして、イズディハールは秋成の上体を己の胸に抱き寄せた。

秋成はイズディハールに縋《すが》るような体勢で、艶《なま》めかしい息を洩らす。

イズディハールは片方の腕で秋成を抱いたまま、手際よくシャツを脱いで自らも上半身裸になった。筋肉に覆われた弾力のある胸板が露《あら》わになる。

秋成がそっと唇で触れると、ピクリと反応する。イズディハールが感じてくれるのが嬉しくて、秋成はさらに唇を滑らせた。控えめな乳首にも口をつけ、舌先をひらめかせて擽り、愛撫する。秋成ほどではないがイズディハールも多少は感じるようで、ビクビクと肌が引き攣《つ》る。

もっと悦《よろこ》ばせたい、と思ったが、イズディハールの手が秋成の腰に掛かり、スラックスの留め具を外してファスナーを開け、下着の中に入り込んできたため、そんな余裕はなくなった。

「あっ、あ……っ」

下腹部の繁みを撫で、指を絡めて弄《もてあそ》ばれて、あえかな声が出る。

「あ……、あ、だめ、あっ」

「硬くなりかけてる」

「……っ、んっっ、あ……！」

小振りな陰茎を握り込まれ、ゆるゆると揉み込まれ、秋成はイズディハールの裸の胸に顔を埋《うず》めて喘いだ。

複雑な器官を持って生まれた秋成は、どこもかしこも感じやすく、あらゆる部位で貪婪《どんらん》に悦楽を享受する。自分でもどうしようもなく淫らな体だ。

軽く扱《しご》かれただけで男性器は張り詰め、硬くなる。

同時にその下の割れ目も疼いて、奥から自然と濡れてくる。

陰茎を弄《いじ》られ、勃起した状態を知られるだけならば、秋成もここまで動揺しない。イズディハールの股間も同様に猛《たけ》ってきて、窮屈そうにスラックスの前を張らせだすのがわかるので、お互い様だと思えるからだ。

けれど、秋成にしかない部分の変化は理性が吹き飛びそうになるほど恥ずかしく、両方で感じている自分の猥《みだ》りがわしさに狼狽《うろた》える。

「感じているね」

「ううっ……、あ……あっっ」

「後ろを向いて。俺の胸に背中を預けろ」

優しい命令口調で促され、秋成は言われたとおりにする。

胡座《あぐら》を組んだイズディハールの脚の上に座り、背中を凭《もた》せ掛ける。

秋成を後ろから抱く形で両腕を前に回したイズディハールは、下着ごとスラックスを下ろして太腿《ふともも》の中程まで剝《む》き出させ、勃起した陰茎を左手で持ち上げる。

「はっ、あ……！　あっ」

湿った切れ込みに右手の指が三本揃《そろ》った状態で埋められてくる。

「……っ！　あ……い、いや……っ」

「痛い？」

耳朶《みみたぶ》に息がかかるほど口を寄せて形ばかりに聞かれ、秋成は答える代わりに唇を嚙んで首を横に振る。

指を動かされるたびにグチュリと卑猥な水音が立つ。

腰が砕けそうなほどの快感が次から次に襲ってきて、声を抑えられない。

下腹部に、底なしに欲情し、悦楽を貪る沼ができたようだ。

欲しいと疼き、銜《くわ》え込んだ指をぐっしょり濡らして食い絞める。

ぬかるみと化した割れ目からいったん指が抜かれる。

秋成はホッとすると同時に、喪失感も覚え、湿った息を洩らす。

イズディハールは秋成の腰を少しずらさせると、スラックスのファスナーを下ろし、下着の隙間から猛った陰茎を外に出した。

硬くなってそそり立つ陰茎を自らの手で軽く扱き、完全に勃起させる。

「秋成。これをきみの中に入れる」

言葉にされると、ますます官能を煽られる。

イズディハールはこのまま後ろから、秋成の熱く潤んだ蜜壺《みつつぼ》に張り詰めた陰茎を埋めたいようだった。

秋成も腰を浮かして期待と恐れに体を緊張させる。

「痛かったら我慢せず言ってくれ」

イズディハールは絶対に秋成に無体なまねはしない。

「一緒に気持ちよくなろう」

だから、秋成も信じて身を委ねられる。

イズディハールは股間に生やした屹立《きつりつ》を手で支え、エラの張った亀頭を秋成の濡れた割れ目に押し当てる。

「は……っ……あ、うううっ」

なめらかな肉襞《にくひだ》を掻き分け、先端が括れまでズプッと中に埋まる。

あとはこのまま進めるだけだ。

イズディハールは秋成の腰に両手を掛けると、ゆっくりと己の股間に引き寄せた。

「はっっ、あっ、あああ……っ」

ズブズブとぬかるみに沈められていく熱く硬く長大な嵩《かさ》のものに、秋成は嬌声《きょうせい》を上げた。

「アアアッ」

顎を反らせ、全身を痙攣させて法悦に浸る。

「秋成」

イズディハールは秋成の腰を完全に落とさせ、根元まで挿入すると、汗ばんだ顔中にキスを散らし、ツンと尖《とが》った乳首と、萎えずに勃《た》ったままの陰茎に触れてきた。

舌を差し入れる深いキスをしながら体のあちこちに手のひらや指を使われ、さらに腰を下から突き上げられると、何がどうなっているのかわからなくなるほど感じて惑乱しそうになる。

「きみの中、熱い。熱くて、濡れまくっていて、はまりそうなほど気持ちがいい」

耳元でわざとのように淫らなセリフを吐かれ、秋成はますます官能を煽られ、昂揚《こうよう》した。

初めてこちらに挿入されたときは、狭すぎる上に浅くて、とても全部は迎え入れられなかったのだが、何度も何度も抱かれて慣らされた結果、今では後ろと同じようにイズディハールを受け入れて、秋成自身も法悦を得られるようになった。自分の体が自分で不思議だ。どちらでもイズディハールを悦ばせることができて、恥ずかしいけれど嬉しい。秋成の悦びも以前とは比べものにならないほど深かった。

「一度こちらで出していいか」

秋成が恍惚《こうこつ》に酔いしれた状態で頷くと、イズディハールは秋成の前から陰茎を抜き、シーツに仰向《あおむ》けに寝かせて、膝までずらしただけにしていたスラックスを脱がせた。

イズディハールも全裸になり、秋成に覆い被《かぶ》さってくる。

両脚を抱えて腰をシーツから浮かせ、ガチガチに膨らんだ陰茎を愛液で濡れそぼった陰唇に穿ち直す。

「ああっ、あっっ！」

真上に生えた性感の塊のような陰茎まで擦《こす》って刺激され、秋成は惑乱した声を放ち、ビクビクと手足を痙攣させた。

深々と中に入り込んだイズディハールの陰茎を、強く締めつける。

「……っ、秋成」

イズディハールも快感を得ているようで、満ち足りた表情で低く呻《うめ》く。

艶っぽい声を聞かされて、秋成はさらに昂《たかぶ》った。

両手で腰を摑んで、陰茎を抜き差しされる。

一突きされるたびに脳髄が痺れ、はしたない声を迸《ほとばし》らせる。

「ふっ、く……っ、あ、あっっ、んっ」

「気持ちいいか。よさそうだな。きみの中が、さっきからキュウキュウ収縮している」

「だめ、そんな」

恥ずかしい、言わないで、と秋成は荒い息をひっきりなしに吐きながら繰り返す。

イズディハールの腰の動きが次第に大きくなる。頂を目指して一気に追い込みをかけ、最奥を抉《えぐ》ったところで動きを止め、激しく胴を震わせる。

「ううっ！　くっ……！」

秋成もイズディハールと動きを合わせて一緒に昇り詰め、同時に達していた。

奥で感じ、陰茎からも僅かながら射精する。

すさまじい愉悦に襲われて、一瞬意識が遠のいた。

イズディハールも昂奮が治まらない様子で、秋成の汗ばんだ体を抱き竦め、抜き去った陰茎を太腿に擦り付けてくる。

奥に注ぎ込まれた白濁が、少し力を緩めた隙に零《こぼ》れ落ちてきて、シーツに染みを広げた。

「前でイケたな」

「……はい」

はにかみながら返事をして睫毛を揺らす。

イズディハールはここでやめるつもりは毛頭ないようだった。

秋成がようやく息を整えると、今度は尻の奥に手を差し入れてきて、放置されていた後孔に指を触れさせてくる。

「ま、待って……、そこは……っ」

「きみはこっちでも先ほど以上に感じるだろう」

最初のうちは、前が無理だったので、後ろで最後までしていた。なので、どちらかといえばこちらのほうが経験が多く、悦びも深いかもしれない。両方で秋成の反応を見ているイズディハールには、それがはっきりわかるのだろう。

ぬかるみでたっぷりと濡らした指で、後孔の襞を濡らし窄《すぼ》まりを寛げられる。

前で達したばかりの秋成の体は、僅かな刺激にも全身を揺らして反応するほど過敏になっていて、快感を与えられるとあっという間に体が悦楽を期待して解《ほぐ》れる。秋成の後孔を弄るうちにイズディハールの股間も再び兆しており、さして間を置かずに今度は後ろに挿入された。

「はあああああっ」

狭い筒を太い楔《くさび》で押し開かれる。

ズズッと内壁をしたたかに擦り立てながら、熱く湿った剛直が埋められてきて、秋成は悲鳴とも嬌声ともつかない乱れた声を上げて悶《もだ》えた。

「ああ、いい」

イズディハールが感極まった声を出す。

その声を聞いただけで秋成は気をやってしまいそうになるほど昂った。

「きみは、どっちが好きなんだ」

「……り、両方……両方、好きです」

選べないと言う代わりに秋成はうっかりそんなことを口走ってしまった。

ハッとして、顔から火が出るかと思うほど赤面する。

「あ、いいえ、そうではなく……」

「どっちもだな」

慌てて訂正しようとしたが、喜悦に満ちた表情をしたイズディハールに見据えられ、秋成は照れながら頷いた。

イズディハールが後孔で抽挿しだす。

根元まで入れたものを、亀頭だけ残して引きずり出し、再び勢いを付けて突き戻す。

それを何度も繰り返し、体を揺さぶられ、またもや二人一緒に高みを目指す。

二度目の絶頂を迎えた秋成は、今度こそ意識を手放してしまい、十分ほど気を失っていたようだ。

目を覚ますと、きちんと布団を掛けられて寝かされていた。

起き上がるなり、ベッドの端にバスローブ姿で腰掛けていたイズディハールに「大丈夫か」と聞かれる。

「はい。すみません、私また」

「気にしなくていい」

イズディハールは言葉とは裏腹に、どこか緊迫した面持ちをしていた。

「どうか、しましたか?」

何か不都合でも起きたのかと心配になり、秋成も表情を引き締める。

「ああ、実は、先ほどハミードから連絡があって、サニヤが突如産気づき、分娩室に入ったそうだ」

予定より十日ほど早い。

だが、早産と言うほどではなく、特に心配するには及ばない範囲のずれだ。

イズディハールもそれは承知しており、すぐに微笑みを浮かべた。

「初産だからハミードが落ち着かなそうに気を揉むのが伝わって、電話を受けた直後だったので俺まで少し緊張していた。なに、選《え》りすぐりの医師団が付いているから、きっと大丈夫だ。朗報を待とう」

「そうですね。……がんばってほしいです。ハミード殿下が立ち会われているのなら、きっと心強いと思います」

生まれるのは今夜遅くか、長引けば明日の未明とか早朝あたりかもしれない。

帰国早々めでたいことになりそうで、秋成はサニヤの身を慮ると共に、王室に新たな一員が増えることを心の底から待ち望んだ。

「あと三十分もしたら、高度を下げ始める頃合いだ。今のうちにシャワーを浴びておいで」

イズディハールに言われ、秋成は寝室の横にある広々としたシャワーブースに行って、汗と体液で汚れた体を洗い流した。

ブースを出ると、イズディハールが背中から真新しいバスローブを着せ掛けてくれる。

イズディハール自身はシャツとスラックス姿になっている。隣のシアタールームの冷蔵庫からシャンパンのミニボトルを出してきて、グラスに注ぎ分け、一つを秋成に手渡す。

「サニヤの無事の出産を祈って」

イズディハールに倣って秋成もグラスを掲げる。

ドハ少尉が遠慮がちに近づいてきて、予定どおりそろそろ降下に入ると知らせてくれた。

秋成もすでに服に着替えていたので、シートベルトの付いたレザーの椅子に座る。

王室専用機はぐんぐん高度を下げていき、四十分後、シャティーラの首都ミラガの郊外にある国際空港に着陸した。

「帰ってきたな」

窓からすっかり暗くなった外の様子を見ながらイズディハールが言う。

まさに秋成も、帰ってきた、という心境だった。

もうここが秋成の祖国なのだ。あらためて嚙み締める。

ハミード皇太子の子を身籠もったサニヤ・ビント・マンスールは、明け方四時に国王の初孫になる男児を出産した。

　このような時間帯にもかかわらず、吉報はインターネットのニュースサイトで早々に流れ、翌朝には国中がこのめでたい話題で沸くことになった。

6

午前四時という時間に王子誕生となったため、秋成がこのことを知ったのは朝六時に自室で目覚めてからだった。

朝の支度を二年来手伝ってくれている、気心の知れた侍女が教えてくれた。

国民への王子のお披露目は明日になるだろうとのことで、今一番ホットな話題は、王子の名前がどうなるのかという予想らしい。王室の歴史に詳しい見識者や、名前に込められた意味を解説する者などが番組に出演して、ああだこうだと喋っている、と侍女自身興奮気味だ。

秋成はあらためて王室に於《お》ける子孫の存在がどれほど重要なのかを思い知り、秋成に子供ができないと承知で結婚を認めてくれた国王夫妻や、代わりに責務を負ってくれたハミード、妊娠出産という命懸けの一大事をやり遂げたサニヤに、どれほど感謝してもし足りない気持ちだった。

王室から直々の、王孫誕生発表はこれから行われると見られ、イズディハールは第一報を聞いてすぐ王室関係者用の病院に駆けつけ、まだ戻っていないとのことだ。

シャティーラではこんなときも女性王族は奥に引っ込んでいるのが通例で、秋成はもちろん、王妃も病院に足を運ぶようには求められない。後ほど個人的に生まれたての王子殿下と会う機会はあるだろうが、公式にはこうした重要な発表の場には同席しない決まりだ。男女の扱いにここまでの差はない日本や欧州で育った秋成には戸惑う面も多いが、おかげでメディアにいたずらに顔を晒す必要もなく、何かあればすべて国王とイズディハールが矢面に立って守ってくれることを考えると、恩恵に与っているところも多い。物事は多面的に見なければわからないこともあるのだ。

侍女の話を聞いていて一つ気になったのが、王子は三千グラム超えの健康優良児だったと言うのに対し、サニヤの産後の体調はどうなのかがまったく伝わってこないことだ。

何も問題がないから特に取り沙汰されないのか、元々女性に関する情報は詳《つまび》らかにされないしきたり故なのか、外の国から嫁いだ秋成にはまだ把握しきれていないことが多い。

朝食の時間になってもイズディハールは戻ってこず、秋成は一人でテーブルに着き、軽くすませた。

機内でした行為の名残が、一晩しっかり寝たあとも体の深部に生々しく刻まれていて、立ったり座ったり歩いたりするたびに、感覚が甦《よみがえ》ってゾクリとする。

イズディハールは空港に着いて帰宅するなり、洋装を民族衣装に改めて王宮に出掛けていき、夜は二人でゆっくりするどころではなくなったので、機内で久々にあのような時間を持てたのは結果的にありがたかった。

サニヤのことは後ほどイズディハールに聞くことにして、秋成は西翼二階のゲストルームに滞在中のワシルを訪ねた。

ワシルはイズディハールが相手では分が悪いのか、顔を合わせると緊張するようで、ここに来た当初から、めったに部屋から出てこない。秋成がザヴィアに行っていて不在だった間も引き籠もりきりだったらしい。

「な、なんだ、おまえか」

ノックしてからしばらく待たされ、ようやくワシルがドアを開ける。

ワシルは来たのが秋成だとわかるやホッとし、緊張させられて損をしたとばかりに横を向いて舌打ちする。喉元過ぎればなんとやらで、初日に見せたうわべだけの殊勝な態度はどこかへ押しやったらしく、横柄で感じの悪い本来のワシルらしさを取り戻している。

「しばらく見かけないと侍従みたいな男が言っていたが、どこかに行っていたのか」

「ちょっと所用があって。昨晩、殿下と一緒に戻ったところです」

「ふうん。それで？　何の用だ」

「部屋の中でお話しします。いいですか、入らせていただいて」

「……しょうがねぇな」

　この家の主が誰なのかはワシルも承知しているようで、先ほど秋成が殿下とイズディハールのことに触れたのが効いたらしい。

　気は進まなそうにドアの前から身を引いて、奥へ行く。

　秋成はあえてドアを少し開けたままにしておき、中に入らせてもらった。

「どうぞお座りください、妃殿下」

　嫌味たっぷりに部屋に一つしかない椅子を秋成に勧め、ワシルは窓の横の壁に凭れて立つ。

「いえ、結構です。話はすぐにすみます」

　秋成も椅子には腰掛けず、ドアの近くに立ったまま、さっそく用件を切り出した。

「ザヴィアのクーデターの件ですが、その後、革命派の中にいると言っていた知人から連絡を受けていますか」

「いや。ザヴィアを出てからは誰とも連絡なんか取ってない。本当だ」

　ワシルは何か都合が悪いことでも起きたのかと警戒する素振りを示し、反駁《はんばく》する。

　その様子を見て、嘘は吐《つ》いていないようだと秋成は判断した。ワシルはまだ、政府側が革命軍に譲歩して、解散総選挙をすると約束したことを知らないらしい。

「クーデターは収束しました」

「えっ。いつ？」

予想以上の早さだったのか、ワシルは本気で目を丸くしていた。

「一昨日の夜です。今日明日にも政府から閣僚の総辞職と、議員解散総選挙の実施が発表されるでしょう」

「解散……総選挙だと？　最悪じゃないか」

ワシルは頭を抱えて呆然《ぼうぜん》とする。

「政府はそんな条件呑んだのかよ」

ワシルにも今後ザヴィアが変わっていくであろうことは予測できているのだ。

「あなたがこれからどうしたいかは、あなた次第だとローウェル家は考えているようです」

秋成は淡々とした口調で祖父から預かった言伝《ことづて》をワシルに伝えた。

「おまえ、まさか祖父《じい》さんたちと連絡取ったのか」

ギョッとしたようにワシルが壁から背を起こす。

「あなたのことを含め、このままにはしておけないでしょう」

秋成は元軍人らしい態度でピシャリと言った。

言葉遣いは柔らかいが、有無を言わせない強さを出すと、ワシルは驚いた顔で黙り込む。気《け》圧《お》されたようだ。

「近日中に空港は元通り業務を再開するはずです。今後シャティーラとの国交も回復されますが、さすがに今すぐというわけにはいきません。新政府樹立後に正式決定されるでしょう。出国したときと同様にイスタンブール経由で帰国してください」

「い、いや、ちょっと。ちょっと待ってくれ……ませんか、妃殿下」

ワシルは慌てて言葉遣いを変え、一歩踏み出して縋るように秋成に近づきかけた。

スッと秋成は手のひらをワシルに向け、そのまま、と押し止《とど》める。

秋成のしぐさ一つで、ワシルは魔法にかかったように動きを止めた。抗いがたい雰囲気に呑まれたらしく、今まで見せたことのない畏れが目に浮かんでいる。

「俺はもうローウェル家には帰れない。祖父さんと祖母《ばあ》さんの厳格さはあんたも知ってるだろう。一人で国外に脱出した俺をあの人たちが許すもんか……！」

「このまま逃げているほうがよほど許されないと思いますが」

秋成はあえて厳しい姿勢を貫いた。

とりつく島のない態度を取る。

「あなたを保護するのはザヴィアが緊急事態だった間だけです。特例で入国が許可された状態で、いつまでもここに居てもらっては困ります。ザヴィアはもう落ち着いています。お祖父様とお祖母様の許に一度お帰りください。ローウェル家も今後どうなるかわからない、養子縁組を解除したければそれでもいいと仰《おっしゃ》っていました」

「おいっ、エリスっ！　ちょっと待てよ……！」

言うべきことを言い終えると、秋成は軍人らしいキレのある動作で踵《きびす》を返し、開けたままにしておいたドアからさっさと退出した。

慌てて追いかけてきたワシルの鼻先でドアを閉める。あくまでも静かな所作だったが、心理的な打撃が強かったのか、ワシルはドアを開けることなく、手前でドスンと膝を突くような音がした。

祖父母を恐れるワシルの気持ちもわかるが、それもこれもワシル自身が招いたことだ。祖父母も自分たちの意思でワシルを養子に迎えた以上、どんな結果になろうと最後まで責任は持つ覚悟をしているように秋成には感じられた。

あえて退路を断って厳しく接したが、ワシルが素直にザヴィアに戻るかどうか秋成も懐疑的だった。だが、予想に反してワシルの行動は早く、昼過ぎには荷物を纏めて屋敷を出て行ったと侍従から報告を受けた。ミラガ国際空港から出国したそうだ。

シャティーラで保護してもらえなくなれば、祖父母の許以外に行く当てはないはずなので、祖父母と向き合う覚悟をしたのだろう。

とりあえず秋成は自分の義務を果たせたようでホッとした。

ワシルの一件が片づいたあと、王宮に行っていたイズディハールが戻ってきた。午後のお茶の時間に間に合うように帰宅したらしい。

春の訪れが少しずつ感じられるようになってきた明るい庭を眺めつつ、ガラス張りのコンサバトリーでイズディハールとテーブルに着く。

そこで秋成はワシルのことを話し、イズディハールからは生まれたての王子とサニヤについて聞くことができた。

「今日のところは、陛下と一緒にガラス張りの新生児室に寝かされているところを見ただけだが、主治医によると大変元気で健康状態も問題なしとのことだ。出産に立ち会ったハミードは感動して涙が出たと真面目な顔で言っていた。あいつのあんな真剣な表情は初めて見た気がする。これが父親になった男の顔なのかと、感慨深かったよ」

イズディハールの話からハミードがどんな顔つきだったのかなんとなく想像できて、秋成の胸に熱いものが込み上げる。

「サニヤさんはお元気でしたか」

「ああ、まだベッドから起き上がれないそうだが、気はしっかりしていた。初産で、どうもかなり難産だったらしいのだが、最後までがんばってくれたとハミードが感謝していた。昨晩からずっとサニヤの傍にいて一睡もしていないようだが、とても寝る気にならないそうだ」

「ハミード殿下のお気持ち、想像できます」

「あいつにはこれから先、親としての責務も掛かってくるから、大変だとは思うが、サニヤと二人で幸せな家庭を築いてほしい。心の底からそう願う」

「私も、願っています」

二人の結婚については、国王も、議会もすでに承認済みらしい。

「あとはサニヤの意向だけだ。王子を産んで、もう何も悩むことはなくなったと本人が気を大きく持ってくれればいいのだが」

「とても遠慮がちで、控えめな方みたいですね」

秋成は一度しか会ったことがないが、常に一歩下がっていて、決して自分を対等な存在だとは考えていないのが強く感じられ、そこまで己を抑えなくてもいいのでは、と秋成は正直思った。本人の性格もあるだろうが、生まれ育った環境や風習の影響も大きいのだろう。

「陛下と私が病院にいたのは三十分ほどだ。あまり長居をするとサニヤが休めないと主治医に言われて引き揚げてきた」

イズディハールは少し不満そうに言う。早くも伯父馬鹿ぶりを発揮しているようで微笑ましく、秋成はそっと口元を緩ませる。

「これからいくらでも会えますから。次はぜひ私もご一緒させてください」

「むろんだ。女性を奥深くに隠しておきたがる我が国の風習は、そろそろなんとかしたいものだ。……私としては、きみをあまり人目に晒したくない気持ちもあるのだが」

「どっちもどっちですね。私もおかげで助けられている部分が少なくありません。反面、もどかしい気持ちになるときもあります」

秋成は常々感じていることを正直に言葉にした。

ああ、とイズディハールが理解を示す。

「ハミードとももっと話したかったが、主治医が話があると別室に伴ったので、今日のところは陛下共々引き揚げてきた」

「主治医からハミード殿下にどんなお話があったのでしょう……？」

秋成が首を傾げると、イズディハールは艶っぽく笑った。

「さぁな。産後の夜の営みについて指導したのではないかな。主治医が冗談めかしてそのようなことをチラと言っていた」

「そ、そうですか」

突っ込んではいけないところだったかと秋成は顔を赤らめる。

「すぐすむならと、しばらく陛下と待っていたのだが、三十分経っても部屋から出てこないので諦めた。陛下は次のご予定があられたしな」

「サニヤさんが王子殿下を抱かれて、ハミード殿下と一緒に病院から出てこられるところが目に浮かびます。早くそのお姿を拝見したいです」

「メディアが詰めかけて大変なことになるだろうが、俺も心待ちにしている」

想像するだけで気持ちが明るくなり、お茶の間、会話のほとんどはこの話題だった。王族にはこんな名前が多いとか、子育てをするのは母ではなく乳母だとか、幼少時から厳しい躾《しつけ》を受けて育った等々、イズディハールとハミードが幼かったときの話も聞けて興味深かった。

お茶のあとイズディハールは別の公務で執務室に入り、秋成は自室で読書をして過ごした。晩餐《ばんさん》のときにまたイズディハールと顔を合わせたので、ハミードから何か連絡があったか聞いてみたが、何もなかったと言う。

なぜか秋成はずっと妙な胸騒ぎがしていて、どうやらそれはハミードが主治医に呼ばれて結構長く話していた、と聞いたからのようで、確かめずにはいられなかった。

「そうだな。言われてみれば気になる。食事のあとハミードに電話してみよう」

「すみません。そうしていただけると嬉しいです」

そう話していたのだが、居間で食後のコーヒーを飲んでいるところに、突然ハミードが訪ねてきて、それには及ばなくなった。

ハミードが連絡もなしに不意にやって来ること自体は珍しくもないのだが、執事の案内も待たずに部屋に入ってきたハミードの顔を一目見た途端、死神が鎌首《かまくび》を上げてハミードの背後に憑《つ》いているかのような不謹慎な印象を受け、秋成は心臓に刃を刺されたような心地がした。

「おい。どうした。何があった」

イズディハールも嫌な予感に襲われたようだ。

それもそうだろう。誰が見てもハミードの様子は尋常ではなかった。

顔面は蒼白《そうはく》で、目は血走り、悪霊にでも出会ったかのごとく見開いたまま。瞬きをすることも忘れたようだ。民族衣装の長衣を着ているが、ディシュダシュは外しており、髪はぐしゃぐしゃに掻き乱したような有り様で、いつもの凜然《りんぜん》として余裕に満ちた、ちょっと人の悪い笑みを浮かべたハミードの面影はどこにもない。

「ハミード！」

イズディハールは椅子を蹴る勢いでハミードの傍に駆け寄ると、同じ背格好の弟の肩を少し乱暴に揺さぶった。

「しっかりしろ。黙っていてはわからん」

ガクガクとハミードの体が信じられないほど頼りなく揺れる。

秋成も思わず立ち上がったが、傍に行っていいかどうか躊躇い、そこから動けなかった。

「ここでは話しづらいなら、向こうに行こう」

隣のシガールームを顎で示し、イズディハールがハミードの背中を押す。だが、ハミードは固まったようにその場から動こうとしない。

「私、出ています」

ここは自分が部屋を出て行くべきだと思い、秋成は言った。

「悪いな。そうしてくれるか」

イズディハールの言葉に被せ、今夜ここに来て初めてハミードが叫ぶように言う。

「行くな！　行くな、秋成。ここにいてくれ」

爆発するような感情に突如見舞われたかのごとく、ハミードがイズディハールの腕を振りきり、秋成の許に走り寄る。

ほとんど突進する勢いだった。

いきなり渾身《こんしん》の力で抱き締められ、秋成は何がなんだかわからず頭が真っ白になった。

イズディハールも啞然《あぜん》としている。

「サニヤは、もう手遅れだそうだ」

秋成を抱き竦めたままハミードが咆哮《ほうこう》した。

傷ついた猛獣が渾身の力を振り絞って吼えたかのような、咆哮としか言いようのない声を間近で聞かされ、秋成は身動ぎもできなかった。

「手遅れとはどういう意味だ」

数歩だけこちらに近づいたイズディハールが、理性を総動員させて冷静さを保っているかのような声で聞く。

「末期癌《がん》に冒されていて、余命僅かだと、今日初めて医者から告知された」

ハミードはいつのまにか泣いていた。

静かに、静かに、泣いている。

「知らなかった。気がつきもしていなかった」

泣きながら、苦しそうに、苦しそうに、言葉を絞り出す。

秋成はたまらずハミードの背中に腕を回し、ぎゅっと力を込める。そうせずにはいられなかった。イズディハールと目が合い、黙って一つ頷かれる。秋成はイズディハールの寛大さにも感謝した。

「サニヤは、知っていたのか。知らなかったはず、ないよな」

「妊娠がわかったとき、癌も同時に見つけていたそうだ。その時点で手術をすればサニヤの命は助かったかもしれないが、その後化学療法を受けることを考えると、腹の中の子供は諦めなくてはいけなかった。主治医がそう告げると、サニヤは、無事出産するまでは俺には絶対に黙っていてくれ、病気のことは誰にも知らせないでほしい、と何度も念押ししたらしい」

そんな、と秋成も涙が零れてきた。

イズディハールも言葉をなくして立ち尽くしている。

シンと静まりかえった部屋に、声を殺して泣くハミードの息遣いが空気を震わせる。

秋成はハミードの頭に手を掛け、腰のある黒髪をあやすように撫でるくらいしかできることがなく、辛《つら》かった。

そんな秋成とハミードを、イズディハールもまたどうすることもできない様子で見ている。

輝くような明るい未来が一瞬にして暗く塗りつぶされた気がして、胸が詰まる。

サニヤという女性の強さと情の深さに、秋成は心を震わせずにはいられなかった。

＊

その日は朝からずっと雨が降り続いた。

昼と夜の長さが等しくなる春分の日だった。

病院のベッドに横たわり、目を閉じたサニヤは、眠っているようだ。

痛みも苦しさも感じずに逝ったかのように見える。

最後まで気高く、勇気のある、感嘆に値する女性だったと秋成はしみじみ思う。

「陛下とご相談した結果、未来の国王の国母として、国葬を執り行うことになった」

イズディハールがハミードに言う。

ハミードは「ああ」と口元をほんの僅かばかり緩めて、短く返事をする。

「そうしてやってくれ。兄上が何もかも取り計らってくれたので、俺は、存分に悲しみ抜くことができた。本当に感謝している」

「水くさいぞ。礼など言うな、この俺に」

ははは、とハミードは力の抜けた笑い方をする。

そんなハミードをイズディハールは黙って抱き寄せ、ポン、と背中を撫でるように叩いた。

「あとでまたおまえの様子を見に王宮に行く。執務はしばらく休め。代われる仕事は俺に回せ。いいな」

「わかった。ありがとう兄上」

ハミードはイズディハールに向かって言ったあと、秋成と目を合わせた。

「きみにも、いろいろ気を遣わせて悪かった。ありがとう」

「とんでもありません」

秋成は首を振って答える。

ハミードを乗せた黒塗りの王室専用車が病院の正門を出て行くのを見送ったあと、秋成とイズディハールも自分たちの車で引き揚げた。

屋敷に戻る道すがら、ふと思い出したようにイズディハールが言う。

「そう言えば、昨日開票結果が出たらしいな」

「ザヴィアの議員選挙ですね」

久々の朗報だったので、秋成も少しだけ声を明るくした。

立候補者全員同じ土俵に立っての初の国民総選挙が行われ、家柄や資産、コネに頼らず二百三十人の議員が選び直された。これは歴史的快挙だ。

「予想通りアレクシス・ユーセフ元大佐が二位に圧倒的な得票差を付けて一位当選したそうです。当選議員の中から首相と閣僚が決まりますが、ユーセフ元大佐が首相に指名されるのはまず間違いないかと」

「これでザヴィアもだいぶ変わるだろう」

シャティーラとの国交回復も目前だ。

「ワシルは結局ローウェル家に戻ったそうだな」

「はい。旧家はこれから先、既得権益を取り上げられて今までとは違う生き残り方を模索しなければいけなくなりそうですが、時代が変わろうとするときに老いた夫婦二人だけというのはさすがに心細かったと思います。ワシルも、元の家に戻っても三男で独り立ちしなければいけない身であることに変わりはありませんから、ローウェル家で生きると腹を括ったようです」

「いちおう、うまく収まったようで、よかったな」

「あなたが力を貸してくださったおかげです」

秋成はあらためてイズディハールに感謝する。

「ありがとうございました」

「なに」

イズディハールは、座面に置いていた秋成の手を取ると、甲に軽い水音を立てて口づけた。

「愛するきみのためだ」

秋成は面映ゆくなって俯《うつむ》き、睫毛を揺らす。

ザヴィアの国情も一段落した。

これで、秋成が抱えている重しは残るところ一つだけになった。

最後の一つ――。

秋成は隣に座っているイズディハールの凜々《りり》しい横顔を見上げ、瓜二つの顔をしたハミードのことを脳裡《のうり》に浮かべ、いつかきっと幸せになってほしいと強く願った。

あとがき

　シリーズ三作目にあたる「仮装祝祭日の花嫁」の発行が二〇一六年でしたので、今回の四作目はなんと五年ぶり……！

　いろいろとシリーズものは書いてきましたが、ここまでのんびりペースで続けさせてもらっている作品は他にありません。書かせていただける幸せを嚙み締めています。無事四冊目を出せましたのも、応援してくださっている読者様のおかげです。本当にありがとうございます。

　一作目から引っ張っているエピソードもいくつかありましたので、それらにきちんと着地点を見つけてあげないと、とずっと思っていました。今作でひとまず落ち着いた部分もありますが、皆様がおそらく最も関心を寄せてくださっているハミードに関しましては、あともう少し時間が必要かなという感じです。

　最初にこの作品を書いたときと今とでは、ずいぶんBLというジャンルも様変わりした気がします。「砂楼の花嫁」は二〇〇八年に初めて世に出たのですが、秋成の設定がちょっと特殊なこともあり、子供や王位継承に関わる問題をどう書くか、担当様と何度も話し合いました。今この設定でもし書くとすれば、また違った話になりそうな気がします。

二作目を書いたとき、両性具有の秋成が伴侶を得て結婚したからには、イズディハールを愛していればいるだけ、自分の中の男性性を抑えて女性として生きなくては悪い、と考える気がして、このシリーズをBLとして成り立たせる難しさを感じました。今思うと、私はイズディハールをちゃんと理解していなかったな、と恥ずかしくなります。秋成がそう思ってしまうことをイズディハールがわからないはずがなく、逆にイズディハールは秋成の男性性を大切にするだろう。そう思えて、納得できたとき、筆者として肩の荷が下りた心地でした。

今回の話は、それがはっきりと出た作品になったと思います。

どうか、お楽しみいただけますと幸いです。

あとはハミードですね。ハミードの生き方、幸せ、そちらについても納得がいく形で着地させたいです。

イラストは今回も円陣闇丸《えんじんやみまる》先生に描いていただきました。毎回素晴らしすぎて、なんて幸せなシリーズだろうと感謝しております。ありがとうございました！

それでは、また次の作でお目にかかれますように。

ここまでお読みくださいまして、ありがとうございました。

遠野春日《とおのはるひ》

この本を読んでのご意見、ご感想を編集部までお寄せください。

《あて先》〒141-8202　東京都品川区上大崎3-1-1　徳間書店　キャラ編集部気付
「愛と絆と革命の花嫁」係

【読者アンケートフォーム】

QRコードより作品の感想・アンケートをお送り頂けます。

Ｃｈａｒａ公式サイト http://www.chara-info.net/

Chara

愛と絆と革命の花嫁

■初出一覧
花嫁とＫｎｉｇｈｔｓ －ロクブリュヌにて－……全員サービス冊子 Chara Collection EXTRA（２０１４年）
愛と絆と革命の花嫁……書き下ろし

愛と絆と革命の花嫁……【キャラ文庫】

２０２１年２月28日　初刷

著　者　遠野春日
発行者　松下俊也
発行所　株式会社徳間書店
〒１４１－８２０２　東京都品川区上大崎３－１－１
電話　０４９－２９３－５５２１（販売部）
　　　０３－５４０３－４３４８（編集部）
振替　００１４０－０－４４３９２

印刷・製本　図書印刷株式会社
カバー・口絵　近代美術株式会社
デザイン　おおの蛍（ムシカゴグラフィクス）

ISBN978-4-19-901021-7

遠野春日の本

仮装祝祭日の花嫁
Haruki Tono Presents
遠野春日
イラスト◆円陣闇丸
身分を隠して訪れた街の仮装祭で、
欧州の王子様から一目惚れされて!?
キャラ文庫

好評発売中

「仮装祝祭日の花嫁」

砂楼の花嫁3

イラスト✦円陣闇丸

誰もが素顔を隠し、思い思いの仮装で別人になりきるカーニバル――。欧州での公務の傍ら、街の祝祭をお忍びで訪れた秋成《あきなり》。そこで出会った育ちの良さが覗く人懐こい美青年から、一目惚れされてしまった!? 名前も教えず帰国したひと月後、イズディハールの屋敷でとある公国の VIP を接待することに!! ところがその客人こそ王子アヒム――秋成を捜し出すために来訪した、祭りの青年その人で!?

遠野春日の本

遠野春日
イラスト◆円陣闇丸
花嫁と誓いの薔薇
Haruhi Tono Presents
「心が兄上のものなら、身体だけでいい」
愛する人と同じ声、同じ顔で求愛されて!?
キャラ文庫

好評発売中

[花嫁と誓いの薔薇]

砂楼の花嫁2

イラスト✦円陣闇丸

近衛士官の軍人から、砂漠の国の花嫁へ──。両性具有という秘密を隠し、王子イズディハールに嫁ぎ、妃殿下としての生活を送っていた秋成《あきなり》。その身体の秘密をただ一人共有する双子の弟王子・ハミードは、一度は封印した秋成への禁忌の恋情に苦しんでいた。「俺は兄上を裏切ることはできない──」。ところがある日、外遊中のイズディハールを乗せた飛行機がなんと墜落!!　消息不明の報せが入り!?

遠野春日の本

砂楼の花嫁
遠野春日
イラスト◆円陣闇丸
きみといると俺は堪え性のない
欲張りな男に成り下がる
キャラ文庫

好評発売中

「砂楼の花嫁」

イラスト✦円陣闇丸

全てを呑み込む乾いた大地、灼熱の太陽──。任務で砂漠の国を訪れた美貌の軍人・秋成《あきなり》が出会ったのは、第一王子のイズディハール。勇猛果敢で高潔なオーラを纏ったその姿に一目で心を奪われた秋成。ところが爆破テロ事件が発生、誤認逮捕されてしまう!! 孤立無援な捕虜となった秋成に救いの手を差し伸べたのは、なぜか王子その人で…!? 砂漠の王と身を焦がすドラマティックラブ♥

遠野春日の本

愛しき年上のオメガ
遠野春日
イラスト◆みずかねりょう
「卒業式までは首筋を噛まないよ。
——でもあなたはもう、俺のものだ」
キャラ文庫

好評発売中

「愛しき年上のオメガ」

イラスト✦みずかねりょう

人生でもう二度とアルファには近づかない——。密かな決意を胸に全寮制名門学院に赴任した国語教師の加納《かのう》。希少なオメガの加納には、無理やり番《つがい》として飼われた苦い過去があった。ところが赴任早々出逢ったのは、侯爵家出身の精悍なアルファの高校生・藤堂《とうどう》!! 出自を鼻にかけず十代の性急さで好意をぶつけてくる。拒絶し続けていたある日、ついに藤堂の前でヒートの発作に見舞われて…!?

四六判
ソフトカバー

遠野春日の本

好評発売中

［夜間飛行］

イラスト✦笠井あゆみ

警視庁でも一二を争う優秀なSPで、身も心も赦していた恋人が突然の辞職!? 自分の前から姿を晦ました脇坂《わきさか》に、未練を抱き続けていた深瀬《ふかせ》。しかも脇坂は、密かに便利屋稼業に身をやつしていた!? 「俺たちの関係は、もう終わったのか」いまだ執着と熱情を抱えた深瀬は、秘密裏に渡航した脇坂を追い、中東の砂漠の王国シャティーラへと旅立つが…!?

遠野春日の本

恋々
遠野春日
イラスト 笠井あゆみ
「これ以上は歯止めが利かなくなる。
——そうなっても引かないか？」
キャラ文庫

好評発売中

［恋々 疵と蜜2］

イラスト✦笠井あゆみ

私を憎からず想っているはずなのに、絶対に一線を踏み越えてこない——。人材派遣会社の社長秘書としてクールに采配を振るう青柳《あおやぎ》。密かに想いを寄せるのは、エリート警察官僚の野上《のがみ》だ。事件を通じて接近して以来、常に青柳を見守り気のあるそぶりを見せるのに、近づくとなぜか引かれてしまう。その気がないなら、いっそ諦められるのに…。ところがある夜、青柳が昔の恋人といる現場を目撃され!?

遠野春日の本

好評発売中

［疵と蜜］

遠野春日
イラスト◆笠井あゆみ
Haruhi Tono Presents
「俺が脚を開けと言ったら開け。
おまえの都合は聞いていない」
キャラ文庫

イラスト✦笠井あゆみ

「金は貸してやる。返済期間は俺が飽きるまでだ」そんな契約で、金融ローン会社の長谷《はせ》から融資を受けた青年社長の里村《さとむら》。幼い頃に両親を殺された過去を持つ里村には、どうしても会社を潰せない意地があった。頻繁に呼び出しては、気絶するほど激しく抱いてくる長谷。気まぐれのはずなのに、執着が仄見えるのはなぜ…？　関係に思い悩むある日、里村は両親を殺した犯人と衝撃の再会を果たし!?

キャラ文庫既刊

英田サキ

[DEADLOCK] シリーズ全3巻 ill:高階 佑
[SIMPLEX DEADLOCK外伝] ill:高階 佑
[STAY DEADLOCK番外編1]
[AWAY DEADLOCK番外編2] ill:高階 佑
[OUTLIVE DEADLOCK season 2] ill:高階 佑
[PROMISING DEADLOCK season 2] ill:高階 佑
[BUDDY DEADLOCK season 2] ill:高階 佑
[HARD TIME DEADLOCK外伝] ill:高階 佑
[恋ひめやも] ill:小山田あみ
[ダブル・バインド] 全4巻
[アウトフェイス ダブル・バインド外伝] ill:葛西リカコ
[すべてはこの夜に] ill:笠井あゆみ

秋月こお

[王朝春宵ロマンセ] シリーズ全4巻 ill:唯月 一
[王朝ロマンセ外伝] シリーズ全3巻 ill:唯月 一
[幸村殿、艶にて候] 全7巻 ill:九號
[公爵様の羊飼い] 全3巻 ill:円屋榎英

秋山みち花

[黒き覇王の花嫁] ill:麻々原絵里依
[騎士と魔女の養い子] ill:北沢きょう
[略奪王と雇われの騎士] ill:雪路凹子
[虎の王と百人の妃候補] ill:夏河シオリ

犬飼のの

[暴君竜を飼いならせ]
[翼竜王を飼いならせ 暴君竜を飼いならせ2]
[水竜王を飼いならせ 暴君竜を飼いならせ3]
[双竜王を飼いならせ 暴君竜を飼いならせ4]
[卵生竜を飼いならせ 暴君竜を飼いならせ5]
[幼生竜を飼いならせ 暴君竜を飼いならせ6]
[皇帝竜を飼いならせI 暴君竜を飼いならせ7]
[皇帝竜を飼いならせII 暴君竜を飼いならせ8]
[少年竜を飼いならせ 暴君竜を飼いならせ9] ill:笠井あゆみ

海野 幸

[ifの世界で恋がはじまる] ill:高久尚子
[匿名希望で立候補させて] ill:高城リョウ
[あなたは三つ数えたら恋に落ちます] ill:湖水きよ

榎田尤利

[理髪師の、些か変わったお気に入り] ill:二宮悦巳

尾上与一

[初恋をやりなおすにあたって] ill:木下けい子
[花降る王子の婚礼] ill:yoco

音理 雄

[俺がいないとダメでしょう?] ill:榊 空也
[農業男子とスローライフを] ill:高城リョウ

華藤えれな

[氷上のアルゼンチン・タンゴ] ill:嵩梨ナオト
[人魚姫の真珠 ～海に誓う婚礼～] ill:北沢きょう
[白虎王の蜜月婚] ill:高緒 拾

可南さらさ

[先輩とは呼べないけれど] ill:穂波ゆきね
[旦那様の通い婚] ill:高星麻子

かわい恋

[王と獣騎士の聖約] ill:小椋ムク
[異世界で保護竜カフェはじめました] ill:夏河シオリ

川琴ゆい華

[幼なじみクロニクル] ill:Ciel
[ぎんぎつねのお嫁入り] ill:三池ろむこ
[親友だけどキスしてみようか] ill:古澤エノ

神奈木智

[その指だけが知っている] シリーズ全5巻 ill:小田切ほたる
[ダイヤモンドの条件] シリーズ全3巻 ill:須賀邦彦
[守護者がめざめる逢魔が時] シリーズ1～5
[守護者がおちる呪縛の愛 守護者がめざめる逢魔が時6] ill:みずかねりょう

北ミチノ

[好奇心は蝶を殺す] ill:円陣闇丸
[星のない世界でも] ill:高久尚子

久我有加

[寮生諸君!] ill:麻々原絵里依
[獲物を狩るは赤い瞳] ill:金ひかる

櫛野ゆい

[伯爵と革命のカナリア] ill:穂波ゆきね
[臆病ウサギと居候先の王子様] ill:石田 要
[興国の花、比翼の鳥] ill:夏河シオリ
[しのぶれど色に出でにけり輪廻の恋] ill:北沢きょう

楠田雅紀

[俺の許可なく恋するな] ill:乃一ミクロ
[恋人は、一人のはずですが。] ill:麻々原絵里依
[あの日、あの場所、あの時間へ!] ill:サマミヤアカザ
[海辺のリゾートで殺人を] ill:夏河シオリ
[Brave -炎と闘う者たち-] ill:小山田あみ

栗城 偲

[玉の輿ご用意しました]
[玉の輿謹んで返上します 玉の輿ご用意しました2]
[玉の輿新調しました 玉の輿ご用意しました3]

キャラ文庫既刊

「玉の輿に乗ったその後の話」玉の輿ご用意しました番外編 ill：高緒 拾

月東 湊

「親愛なる僕の妖精王へ捧ぐ」 ill：みずかねりょう
「旅の道づれは名もなき竜」 ill：テクノサマタ

ごとうしのぶ

「熱情」 ill：高久尚子

小中大豆

「妖しい薬屋と見習い狸」 ill：高星麻子
「ないものねだりの王子と騎士」 ill：北沢きょう
「十六夜月と輪廻の恋」 ill：夏河シオリ
「鏡よ鏡、毒リンゴを食べたのは誰？」 ill：みずかねりょう

桜木知沙子

「教え子のち、恋人」 ill：高久尚子

佐々木禎子

「妖狐な弟」 ill：佳門サエコ

沙野風結子

「一滴、もしくはたくさん」 ill：湖水きよ
「人喰い鬼は色に狂う」 ill：葛西リカコ
「夢を生む男」 ill：北沢きょう
「疵物の戀」 ill：みずかねりょう

秀 香穂里

「くちびるに銀の弾丸」シリーズ全2巻 ill：祭河ななを
「他人同士」全3巻 ill：新藤まゆり
「大人同士」全3巻 ill：新藤まゆり
「他人同士 —Encore!—」 ill：新藤まゆり
「ウィークエンドは男の娘」 ill：高城リョウ
「束縛志願」 ill：新藤まゆり

「肌にひそむ蝶」 ill：嵩梨ナオト
「オメガの純潔」 ill：みずかねりょう
「コンビニで拾った恋の顛末」 ill：新藤まゆり
「弟の番人」 ill：ミドリノエバ
「地味な俺が突然モテて困ってます」 ill：Ciel
「魔人が叶えたい三つのお願い」 ill：小野浜こわし
「恋に無縁なんてありえない」 ill：金ひかる

愁堂れな

「法医学者と刑事の相性」シリーズ全2巻 ill：高階 佑
「猫耳探偵と助手」シリーズ全2巻 ill：笠井あゆみ
「あの頃、僕らは三人でいた」 ill：yoco
「美しき標的」 ill：小山田あみ
「ハイブリッド ～愛と正義と極道と～」 ill：水名瀬雅良

神香うらら

「恋の吊り橋効果、試しませんか？」
「恋の吊り橋効果、深めませんか？」恋の吊り橋効果、試しませんか？2 ill：北沢きょう
「伴侶を迎えに来日しました！」 ill：高城リョウ
「葡萄畑で蜜月を」 ill：みずかねりょう

菅野 彰

「毎日晴天！」シリーズ1～17
「花屋に三人目の店員がきた夏」毎日晴天！18
「竜頭町三丁目帯刀家の徒然日記」毎日晴天！番外編
「竜頭町三丁目まだ四年目の夏祭り」毎日晴天！外伝 ill：二宮悦巳
「1秒先のふたり」 ill：新藤まゆり
「愛する」 ill：高久尚子

「いたいけな彼氏」 ill：湖水きよ
「成仏する気はないですか？」 ill：田丸マミタ

杉原理生

「恋を綴るひと」 ill：葛西リカコ
「制服と王子」 ill：井上ナヲ
「星に願いをかけながら」 ill：松尾マアタ
「錬金術師と不肖の弟子」 ill：yoco
「愛になるまで」 ill：小椋ムク

すとう茉莉沙

「触れて感じて、堕ちればいい」 ill：みずかねりょう

砂原糖子

「シガレット×ハニー」 ill：水名瀬雅良
「灰とラブストーリー」 ill：穂波ゆきね
「猫屋敷先生と縁側の編集者」 ill：笠井あゆみ
「小説家先生の犬と春」 ill：笠井あゆみ
「アンダーエール！」 ill：小椋ムク

高尾理一

「鬼の王と契れ」シリーズ全3巻 ill：石田 要

高遠琉加

「神様も知らない」シリーズ全3巻 ill：高階 佑
「天使と悪魔の一週間」 ill：麻々原絵里依
「さよならのない国で」 ill：葛西リカコ

月村 奎

「そして恋がはじまる」全2巻 ill：夢花 李
「アプローチ」 ill：夏乃あゆみ
「きみに言えない秘密がある」 ill：サマミヤアカザ

遠野春日

「砂楼の花嫁」
「花嫁と誓いの薔薇」砂楼の花嫁2

キャラ文庫既刊

[仮装祝祭日の花嫁 砂楼の花嫁3]
[愛と絆と革命の花嫁 砂楼の花嫁4] ill：円陣闇丸
[蜜なる異界の契約] ill：笠井あゆみ
[黒き異界の恋人] ill：笠井あゆみ
[疵と蜜] ill：笠井あゆみ
[恋々 疵と蜜2] ill：笠井あゆみ
[鼎愛－TEIAI－] ill：嵩梨ナオト
[美しい義兄] ill：新藤まゆり
[愛しき年上のオメガ] ill：みずかねりょう
[やんごとなきオメガの婚姻] ill：サマミヤアカザ

中原一也

[負け犬の領分] ill：新藤まゆり
[愛と獣－捜査一課の相棒－] ill：みずかねりょう
[魔性の男と言われています] ill：草間さかえ
[花吸い鳥は高音で囀る] ill：笠井あゆみ
[俺が好きなら咬んでみろ] ill：小野浜こわし
[街の赤ずきんと迷える狼] ill：みずかねりょう
[拝啓、百年先の世界のあなたへ] ill：笠井あゆみ

凪良ゆう

[恋愛前夜]
[求愛前夜 恋愛前夜2] ill：穂波ゆきね
[天涯行き] ill：高久尚子
[おやすみなさい、また明日] ill：小山田あみ
[美しい彼]
[憎らしい彼 美しい彼2]
[悩ましい彼 美しい彼3] ill：葛西リカコ
[ここで待ってる] ill：草間さかえ
[初恋の嵐] ill：木下けい子
[セキュリティ・ブランケット 上・下] ill：ミドリノエバ
[きみが好きだった] ill：宝井理人

夏乃穂足

[飼い犬に手を咬まれるな] ill：笠井あゆみ
[真夜中の寮に君臨せし者] ill：円陣闇丸

成瀬かの

[世界は僕にひざまずく] ill：高星麻子
[気がついたら幽霊になってました。] ill：yoco
[兄さんの友達] ill：三池ろむこ
[隣の狗人の秘密] ill：サマミヤアカザ
[神獣さまの側仕え] ill：金ひかる

西野 花

[溺愛調教] ill：笠井あゆみ
[陰獣たちの贄] ill：北沢きょう
[獣神の夜伽] ill：穂波ゆきね
[淫妃セラムと千人の男] ill：北沢きょう
[催淫姫] ill：古澤エノ

鳩村衣杏

[歯科医の弱点] ill：佳門サエコ
[学生服の彼氏] ill：金ひかる
[きれいなお兄さんに誘惑されてます] ill：砂河深紅

樋口美沙緒

[八月七日を探して] ill：高久尚子
[他人じゃないけれど] ill：穂波ゆきね
[狗神の花嫁] シリーズ全2巻 ill：高星麻子
[予言者は眠らない] ill：夏乃あゆみ
[パブリックスクール－檻の中の王－]
[パブリックスクール－群れを出た小鳥－]
[パブリックスクール－八年後の王と小鳥－]
[パブリックスクール－ツバメと殉教者－]
[パブリックスクール－ロンドンの蜜月－]
[パブリックスクール－ツバメと監督生たち－] ill：yoco
[ヴァンパイアは我慢できない dessert] ill：夏乃あゆみ
[王を統べる運命の子①〜②] ill：麻々原絵里依

火崎 勇

[ぬくもりインサイダー] ill：みずかねりょう
[リインカーネーション～胡蝶の恋～] ill：水名瀬雅良
[悪党に似合いの男] ill：草間さかえ
[カウントダウン！] ill：高緒 拾
[俺の知らない俺の恋] ill：木下けい子
[ヒトデナシは惑愛する] ill：小椋ムク
[エリート上司はお子さま!?] ill：金ひかる
[メールの向こうの恋] ill：麻々原絵里依

菱沢九月

[小説家は懺悔する] シリーズ全3巻 ill：高久尚子
[年下の彼氏] ill：穂波ゆきね
[好きで子供なわけじゃない] ill：山本小鉄子

松岡なつき

[飼い主はなつかない] ill：高星麻子
[同い年の弟] ill：穂波ゆきね
[WILD WIND] ill：雪舟 薫
[FLESH&BLOOD①〜㉔] ill：①〜⑪雪舟 薫／⑫〜彩
[FLESH&BLOOD外伝 ―女王陛下の海賊たち―]

キャラ文庫既刊

[FLESH&BLOOD外伝2 —祝福されたる花—] ill:彩
[H・K《ホンコン》ドラグネット]全4巻 ill:乃一ミクロ
[流沙の記憶] ill:彩

水原とほる
[The Barber—ザ・バーバー—]シリーズ全2巻 ill:兼守美行
[家 路] ill:高星麻子
[コレクション] ill:北沢きょう
[皆殺しの天使] ill:新藤まゆり
[刹那と愛の声を聞け] ill:みずかねりょう
[百千万劫に愛を誓う] ill:乃一ミクロ
[ピアノマンは今宵も不機嫌] ill:ミドリノエバ
[名前も知らず恋に落ちた話] ill:yoco
[監禁生活十日目] ill:砂河深紅
[正体不明の紳士と歌姫] ill:yoco
[彼は優しい雨] ill:小山田あみ
[月がきれいと言えなくて] ill:ひなこ
[見初められたはいいけれど] ill:ミドリノエバ
[小説の登場人物と恋は成立するか?] ill:サマミヤアカザ

水無月さらら
[時をかける鍵] ill:サマミヤアカザ
[座敷童が屋敷を去るとき] ill:駒城ミチヲ
[人形遊びのお時間] ill:夏河シオリ
[いたいけな弟子と魔導師さま] ill:yoco
[海賊上がりの身代わり王女] ill:サマミヤアカザ

水壬楓子
[桜姫]シリーズ全3巻 ill:長門サイチ
[森羅万象]シリーズ全3巻 ill:新藤まゆり
[王室護衛官を拝命しました] ill:サマミヤアカザ

宮緒 葵
[二つの爪痕] ill:兼守美行
[蜜を喰らう獣たち] ill:笠井あゆみ
[忘却の月に聞け] ill:水名瀬雅良
[祝福された吸血鬼] ill:Ciel
[悪食] ill:みずかねりょう

夜光 花
[不浄の回廊]
[二人暮らしのユウウツ 不浄の回廊2] ill:小山田あみ
[眠る劣情] ill:高階 佑
[ミステリー作家串田寥生の考察]
[ミステリー作家串田寥生の見解] ill:高階 佑
[バグ]全3巻 ill:湖水きよ
[式神の名は、鬼]全3巻 ill:笠井あゆみ

吉原理恵子
[二重螺旋]シリーズ1~12巻 ill:円陣闇丸
[水面ノ月 二重螺旋13] ill:円陣闇丸
[灼視線 二重螺旋外伝] ill:円陣闇丸
[間の楔]全6巻 ill:長門サイチ
[影の館] ill:笠井あゆみ
[暗闇の封印—邂逅の章—]
[暗闇の封印—黎明の章—] ill:笠井あゆみ

六青みつみ
[輪廻の花~300年の片恋~] ill:みずかねりょう

渡海奈穂
[河童の恋物語] ill:北沢きょう
[僕の中の声を殺して] ill:笠井あゆみ
[狼は闇夜に潜む] ill:マミタ
[御曹司は獣の王子に溺れる] ill:夏河シオリ

〈四六判ソフトカバー〉

ごとうしのぶ
[ぼくたちは、本に巣喰う悪魔と恋をする]
[喋らぬ本と、喋りすぎる絵画の麗人]
[ぼくたちは、優しい魔物に抱かれて眠る]
[ぼくたちの愛する悪魔と不滅の庭] ill:笠井あゆみ

遠野春日
[夜間飛行] ill:笠井あゆみ

松岡なつき
[王と夜啼鳥《ナイチンゲール》 FLESH&BLOOD外伝] ill:彩

アンソロジー
[キャラ文庫アンソロジーⅠ 琥珀]
[キャラ文庫アンソロジーⅡ 翡翠]
[キャラ文庫アンソロジーⅢ 瑠璃] ill:円陣闇丸

〈2021年2月27日現在〉

投稿小説 大募集

『楽しい』『感動的な』『心に残る』『新しい』小説――
みなさんが本当に読みたいと思っているのは、
どんな物語ですか？
みずみずしい感覚の小説をお待ちしています！

応募のきまり

応募資格

商業誌に未発表のオリジナル作品であれば、制限はありません。他社でデビューしている方でもOKです。

枚数／書式

20字×20行で50～300枚程度。手書きは不可です。原稿は全て縦書きにしてください。また、800字前後の粗筋紹介をつけてください。

注意

❶原稿はクリップなどで右上を綴じ、各ページに通し番号を入れてください。また、次の事柄を1枚目に明記して下さい。
（作品タイトル、総枚数、投稿日、ペンネーム、本名、住所、電話番号、職業・学校名、年齢、投稿・受賞歴）

❷原稿は返却しませんので、必要な方はコピーをとってください。

❸締め切りは特別に定めません。採用の方にのみ、原稿到着から3ヶ月以内に編集部から連絡させていただきます。また、有望な方には編集部からの講評をお送りします。（返信用切手は不要です）

❹選考についての電話でのお問い合わせは受け付けできませんので、ご遠慮ください。

❺ご記入いただいた個人情報は、当企画の目的以外での利用はいたしません。

あて先

〒141-8202　東京都品川区上大崎3-1-1
徳間書店　Chara編集部　投稿小説係

投稿イラスト 大募集

キャラ文庫を読んでイメージが浮かんだシーンを、
イラストにしてお送り下さい。
キャラ文庫、『Chara』『Chara Selection』『小説Chara』などで
活躍してみませんか？

応募のきまり

応募資格

応募資格はいっさい問いません。マンガ家&イラストレーターとしてデビューしている方でもOKです。

枚数／内容

❶イラストの対象となる小説は『キャラ文庫』及び『Chara、Chara Selection、小説Charaにこれまで掲載された小説』に限ります。
❷カラーイラスト1点、モノクロイラスト3点の合計4点をお送りください。カラーは作品全体のイメージを、モノクロは背景やキャラクターの動きのわかるシーンを選ぶこと(裏にそのシーンのページ数を明記)。
❸用紙サイズはA4以内。使用画材は自由。データ原稿の際は、プリントアウトしたものをお送りください。

注意

❶カラーイラストの裏に、次の内容を明記してください。
(小説タイトル、投稿日、ペンネーム、本名、住所、電話番号、職業・学校名、年齢、投稿・受賞歴、返却の要・不要)
❷原稿返却希望の方は、切手を貼った返却用封筒を同封してください。封筒のない原稿は編集部で処分します。返却は応募から1ヶ月前後。
❸締め切りは特別に定めません。採用の方にのみ、編集部から連絡させていただきます。また、有望な方には編集部から講評をお送りします。選考結果の電話でのお問い合わせはご遠慮ください。
❹ご記入いただいた個人情報は、当企画の目的以外での利用はいたしません。

あて先

〒141-8202　東京都品川区上大崎3-1-1
徳間書店　Chara編集部　投稿イラスト係

キャラ文庫最新刊

あなたは三つ数えたら恋に落ちます

海野 幸

イラスト✦湖水きよ

知らぬ間に連帯保証人にされ、借金取りに拉致された流星《りゅうせい》。臨床心理士志望だと話すと、「催眠術で俺を惚れさせろ」と無茶ぶりされ!?

愛と絆と革命の花嫁 砂楼の花嫁4

遠野春日

イラスト✦円陣闇丸

秋成《あきなり》の祖国でクーデターが発生!! 祖父母の身を案じる秋成は、イズディハールに心配されながらも身分を隠し、単身ザヴィアに向かい!?

3月新刊のお知らせ

すとう茉莉沙 イラスト✦小椋ムク [営業時間外の冷たい彼]

水無月さらら イラスト✦木下けい子 [彼に恋をするということ(仮)]

六青みつみ イラスト✦稲荷家房之介 [鳴けない小鳥と仮面の王(仮)]

3/26(金)発売予定